*Författaren dedicerar boken till sin mor
för att hon har stött honom på hans vingliga
färd genom livet.*

Jari Markkanen är jour-
nalist sedan början av
1980-talet. Efter jobb på
dagstidningar, för tyska
magasin och som över-
sättare gick han i pen-
sion år 2019 och är nu
verksam som frilans på
jakt efter verkligheten så
som han uppfattar den.
Han har studerat på
journalisthögskolan och
tyska på universitetet i
Göteborg, i Hamburg och i Wien och forskar i karatens
historia på egen hand.

Han bor med sin familj i Lund. På fritiden håller han
sig i form med att träna karate, lyfta vikter på gym, spela
gitarr, fiska, vandra i den skånska naturen och utmana
grannar i boule.

Författaren har tidigare gett ut böckerna Grodornas
fiende, Vikarien och Livslust – sex, jobb och vänskap
på BoD, Books on demand.

Verkstaden

Jari Markkanen

© Jari Markkanen, 2022
Illustration: © Malin Markkanen
Ansvarig utgivare: Jari Markkanen

Förlag: BoD - Books on Demand, Stockholm, Sverige
Tryck: BoD - Books on Demand, Norderstedt, Tyskland

ISBN: 978-91-8007-971-6

Innehåll

Kungligt besök

Praktiskt taget hela Kugghjulet står still strax före klockan tio på förmiddagen. När som helst ska kungen och drottningen anlända med sitt följe till verkstaden för att inviga en ny, tekniskt avancerad avdelning i en av företagets renoverade lokaler, när de ändå befinner sig i Göteborg för att döpa ett nybyggt fartyg på Arendalsvarvet.

– Under mina åtta år på det här stället har jag aldrig någonsin tidigare sett det vara så idylliskt rent och tyst som i dag, säger Villy, en ung, teknisk talang.

– Kungen är säkert medveten om att vi ger honom en förskönad bild av vår arbetsmiljö, för man behöver ju inte vara dum bara för att man är kung, säger Gunnar, företagets mest aktade trotjänare.

Han ser med glädje fram emot att ge kungen företagets symbol, ett kugghjul av rostfritt stål. Han är en av de få rojalisterna i verkstaden. De flesta arbetare anser att det kungliga ämbetet är ett överflödigt, dyrt spektakel i en demokrati och bör därför placeras där det hör hemma: I ett museum.

Direktören är däremot salig av lycka. Besöket ger Kugghjulet mycket publicitet, eftersom massmedier bevakar kungens och drottningens korta visit i Göteborg. Företaget behöver all reklam det kan få. Den dyra satsningen på verkstaden blev klar, när dåliga tider för industrin är ett faktum med nedläggningar och fusioner på löpande band i slutet sjuttiotalet.

Arbetarna har bytt om till rena overaller och de har fått stränga order på att städa och putsa varenda vrå på sina arbetsplatser. Till och med gamla maskiner blänker och betonggolvet luktar såpa, alla verktyg har placerats prydligt på sina platser.

1

Strax efter klockan tio infinner sig en total tystnad i verkstaden. Kungen och drottningen har anlänt och exklusiva dofter sprider sig bland arbetarna. Villy tycker att kungen påminner om de italienska gangstrar som han har sett i maffiafilmer. Kungens bruna, vågiga hår glänser av fett, han bär mörka glasögon och är klädd i en strikt, mörk kostym med gråa ränder och skinande, svarta skor. Bakom kungen går den ständigt leende drottningen som är klädd i en för stor päls och en pottformad gul hatt. Och diskret i bakgrunden håller sig två kostymklädda livvakter med svepande blickar.

Direktören skuttar fram av lycka och räcker fram en sax till kungen som symbolisk inviger den moderniserade verkstaden genom att klippa av ett blått band och ropa: Hurra! Sedan blir det dags för en snabb promenad genom alla avdelningar. Då och då stannar kungen upp för att ställa en beskedlig fråga och titta närmare på ett arbete i någon minut medan fotografer springer hit och dit för att föreviga kungen med arbetare ur den bästa, tänkbara vinkeln.

– Jag förstår inte varför en så intelligent kvinna som drottningen ställer upp som avelshona, säger Villy.

– Sluta prata strunt om drottningen, hon gör bara sin plikt för Sverige, viskar Gunnar som håller nervöst i det blänkande kugghjulet.

Några minuter senare kommer kungen och drottningen fram till Gunnar, medan Villy låtsas jobba så tyst som möjligt enligt direktörens order.

Direktören presenterar Gunnar som verkstadens paradexempel på den perfekte arbetaren; plikttrogen och produktiv, så att han känner sig generad, när han räcker bugande fram kugghjulet till kungen som med en fundersam uppsyn tar emot den och frågar försynt:

– Vad är detta för en sak?

– Det är ett kugghjul.

Det uppstår en pinsam tystnad i några sekunder. Kungen ser

2

givetvis att det är ett kugghjul, frågan var bara hövligt ställd och Gunnar skulle ha svarat att det är symbol för företagets slogan, Teknik, kvalitet och effektivitet, men han glömde det av ren och skär nervositet.

En tjänsteman tar snabbt hand om kugghjulet och kungen och drottningen förs ut till en stor, svart bil som ska köra dem till nästa uppdrag. Deras besök varade i exakt tio minuter.

Förman på spaning

Sören sitter på en trälåda bakom en fräs och spanar mot stämpelklockorna vid ingången till verkstaden. Den här veckan är det hans tur att hålla uppsikt, så att ingen arbetare stämplar in för någon försenad kollega också. Han är den enda förman som tar sin tjänst med ett så stort allvar att han lyder ledningens direktiv ordagrant även när de gör mer skada än nytta.

Av någon outgrundlig anledning är flexibel arbetstid bara tillåten för tjänstemän på Kugghjulet. För arbetarna kan däremot en för sen ankomst bli en plump i protokollet i meritvärderingen. Det tas ingen hänsyn till att många kan kompensera förseningen med att jobba längre.

De flesta förmän visar överseende med att arbetarna stämplar in för en kollega, om de får en rimlig förklaring till det. Förseningen kan bero på allt från ett akut besök hos tandläkaren till att bilen krånglar. Men Sören ser det som en bedrift att avslöja fusk med arbetstiden som ofta bara handlar om några minuter.

Arbetarna kallar hånfullt den korpulente Sören för Älgen bakom hans rygg. Det hänger samman med att han fick sin tjänst, enligt ett etablerat rykte, för att han lånade ut sin jaktmark till den förre verkmästaren. När han hade skjutit några älgar, föreslog han att Sören skulle bli förman för svetsarna trots att han saknade erfarenhet av svetsning.

Den verkmästaren pensionerades för flera år sedan, men Sören har sex år kvar till pensionen till många arbetares förtret, för de avskyr honom för att han är maniska nitisk och har ett häftigt humör. Till och med förmän undviker honom.

I omklädningsrummet jäktar montören Benny för att hinna stämpla i tid. Han kränger på sig en blå arbetsoverall, kollar ännu en gång fickorna, så att de som vanlig innehåller cigaretter, en tändare, mynt för kaffeautomaten och en plunta med brännvin.

Just när han ska gå ut dyker vikarien Kalle upp i omklädnings-rummet med andan i halsen.

– Skulle du kunna stämpla åt mig? frågar han.

– Jag vet inte det, svarar Benny tvekande.

Det är svårt för Benny att neka Kalle den tjänsten, eftersom han har lånat honom pengar, när han akut behövde köpa sprit på systembolaget, men samtidigt riskerar han en prick i sin meritvärdering, om han ertappas.

– Skynda dig, så att du hinner stämpla i tid!

Benny kliver ut i verkstaden, ser sig omkring och halvspringer tillsammans med några kolleger till stämpelklockorna och stämplar snabbt sitt och Kalles kort.

– Hallå där! Du har stämplat en kollegas kort också! ropar Sören och rusar fram till Benny.

– Det har jag inte alls gjort, svarar han.

Han hatar den förmannen så intensiv att han ryser av njutning när han fantiserar om att misshandla honom på någon mörk bakgata så att han måste sjukskrivas för en lång tid. Han har en gång kommit på Benny med att dricka sprit. Berusade arbetare straffas alltid med en skriftlig varning och skickas omedelbart hem, för det råder ett strängt förbud mot alkohol i verkstaden.

– Har du druckit igen? frågar Sören.

– Nej, jag har blivit nykterist.

– Gör dig inte lustig! Du borde väl begripa att du nu ligger jävligt illa till.

Sören kollar korten men han kan inte lista ut vilken kollega som Benny har stämplat för.

Benny ser i ögonvrån Kalle smyga ut ur omklädningsrummet och skynda sig till sin svarv.

– Du klarar dig den här gången, men i fortsättningen ska jag hålla dig under sträng uppsikt, bedyrar Sören och skyndar med knutna nävar till sin avdelning.

Pensionerad tuffing

En pensionär betraktar tankfullt det gråa landskapet i stadsdelen Angered medan spårvagnen färdas mot förorten Hammarkullen, när en berusad man i sextioårsåldern sätter sig framför honom. Han känner igen den fete, lufsige mannen, det är Olle som är svarvare på Kugghjulet.

– Du har för fan varit min förman! utropar Olle av förvåning över att återse honom.

– Ja, det stämmer, medger pensionären.

– Du var en elak jävel, minns jag. Du höll på att knäcka mig.

– Jag gjorde bara mitt jobb.

Olle hivar fram en flaska vin ur en plastkasse och tar sig en klunk som om han vill samla mod och säger:

– Jag borde ge dig en omgång stryk för allt det skit du gjorde mot mig.

– Sätt i gång, svarar pensionären lugnt.

Men Olle gör bara en uppgiven gest och tar en ny klunk vin. Tiden har suddat ut de flesta av hans minnen om sin forne förmans elakheter mot underställda i verkstaden. Han känner inte längre tillräckligt mycket hat för att hämnas oförrätterna, förnedringen och orättvisorna.

I stället lovordar han sin nye förman, en tekniskt utbildad, ung man, som för regelbundet samtal med alla sina underställda. Han är så omtyckt att de har gett honom ett smeknamn. Pensionären förklarar att förmannen ringde honom häromdagen om att de har hittat hans gamla anteckningsböcker. Han är nu på väg till företaget för att kontrollera om han behöver dem.

Pensionären kliver av vid centralstationen för att ta spårvagnen till stadsdelen Hisingen, när Olle tar ett kraftigt tag i hans

6

rock och säger vädjande:

– Du talar väl inte om att du har sett mig full i stan? Jag är nämligen sjukskriven.

– Nej, det angår inte mig längre.

Vid en knutpunkt tar han bussen på den sista sträckan. Den stannar numera vid en hållplats längre bort från Kugghjulet, men det spelade ingen roll för den gamle mannen, för det ska ändå bli hans enda besök sedan han pensionerades för fyra år sedan. Han har aldrig känt någon längtan att återse verkstaden och kollegerna sedan dess. Det är ett avslutat kapitel för honom. Nu ägnar han sig åt att sköta om rosorna i sin trädgård, renovera sin villa och spela poker med vänner.

Han tar ett djupt andetag och kliver in verkstaden och ser sig om med en förvånad uppsyn. Överallt är det ljust och rent efter en omfattande modernisering.

Få lägger märke till pensionären när han går mellan maskinerna. Några äldre finmekaniker hälsar kort. Han tillhör en förfluten tid som redan känns mycket avlägsen. Han var den sista förmannen från en generation som behandlade arbetare som om de vore tjänstehjon. Han var en allsmäktig chef för sina underställda. Han ville få respekt och upprätthålla disciplin genom att vara hård men rättvis, som han inbillade sig att han var.

I början av sjuttiotalet tvingades han inta ett diplomatiskt förhållande till arbetarna. Det berodde inte enbart på att ledningen ansåg att hans domderande stil störde produktionen, utan framför allt på att skyddsombudet fick mer inflytande över verkstadens arbetsmiljö.

Han ändrade då taktik, i stället för att hota, kränka och gorma fördelade han de bästa, intressantaste jobben till de finmekaniker som han gillade oavsett deras kompetens. Olle missgynnades, han klagade hos verkmästaren och förmannen hämnades genom att förringa honom.

Det var en tillfällighet att han utsågs till förman. När hans företrädare pensionerades, föreslog fackklubben Olle för tjänsten

7

som på den tiden var en de mest produktiva finmekanikerna, men den dåvarande verkmästaren svarade frankt: Inte fan vill jag förlora en kompetent maskinarbetare! Ta den sämsta! Och det var just den gamle mannen.

Numera utses förmän av både fackklubben och ledningen efter förhandlingar. Det är viktigt att de har en teknisk kompetens och en empatisk förmåga att leda arbetet för att begränsa störningar i den allt effektivare produktionen.

En äldre förman skakar hand med pensionären, mest för att vara artig.

– Du fick många rosor när du slutade, säger han.

– Det berodde nog på att många var glada för att bli av med mig, svarar han.

– Hur har det gått för den engelska rosen som vi skänkte dig?

– Den har utvecklats till en praktfull skönhet vid min grind.

Den gamle mannen kliver in i ett rum på kontoret där han härskade i arton år, han hälsar avmätt på en ung förman vid namn Bertil som sitter bakom ett nytt skrivbord. Han förklarar att de hittade anteckningsböckerna när de gamla möblerna kasserades i samband med kontorets renovering.

– Jag träffade en av dina gubbar i stan i dag. Han var rejält berusad, säger pensionären.

– Jag antar att du menar Olle, säger Bertil leende. Jag rekommenderade företagsläkaren att sjukskriva honom. Han har för närvarande vissa problem med ryggen. Jag ska ordna arbetsträning för honom, om han behöver det.

Pensionären bläddrar snabbt igenom de tummade anteckningsböckerna och konstaterar att han inte längre har någon nytta av de gamla noteringarna om vilka arbetare han skulle belöna eller straffa. Han kastar dem i en container för skrot utanför verkstaden.

8

Svetsare stöp i tjänst

Jag heter Sten Nygård, säger en städare och räcker fram en senig hand till Jonny som nyligen har anställts som truckförare. Jag antar att du redan har fått veta att jag är knepig. Men bryr dig inte om skvallret, jag ska lägga ett gott ord för dig hos direktören när jag städar hans rum.

– Det är snällt av dig, säger Jonny. Jag har bara hört att du är en snål typ trots att du lär vara förmögen.

Plötsligt hörs ett gällt skrik genom det konstanta, dova bullret i verkstaden. Jonny befarar det värsta. Han har tidigare hört sådana hjärtskärande skrik, när han jobbade som sjukvårdare för FN:s fredsbevarande styrkor i Kongo på sextiotalet. Han kör till olycksplatsen, där en sextioårig svetsare ligger raklång med ryggen mot betonggolvet medan chockade och förvirrade kolleger tittar handfallna på honom.

Några arbetare har sett hur olyckan inträffade. Polacken, som den skadade Janek kallas, svetsade på en sex meter hög cistern, när han plötsligt nickade till och föll ned med svetsaggregatet i handen.

Jonny lägger en filt över Janek som med vidöppna ögon stirrar tomt mot taket.

– Kan någon hämta förbandslådan? skriker Jonny och förklarar att ingen får flytta Janek innan ambulansen har anlänt, eftersom han misstänker att mannen har fått inre skador.

En tjänsteman kommer springande med en förbandslåda. Med några kompresser lyckas de stoppa blodflödet i Janeks huvud som har bildat en röd pöl på det gråa betonggolvet.

– Bolvo, var är min Bolvo? mumlar Janek samtidigt som han tar krampaktigt tag i Jonnys arm.

9

Han menar sin nya bil, men Jonny uppfattar det som ett namn, så han svarar:

– Var inte orolig, jag kan ringa till Bolvo.

Som sjukvårdare i FN:s tjänst gav Jonny den första hjälpen till svårt skadade och sjuka människor. Av erfarenhet tvivlar han på att Janek kommer att överleva trots att han är vid medvetandet och kan tala.

En förman skingrar arbetarna och beordrar dem att återgå till arbetet. De kan ändå inte göra något för Janek och produktionen måste fortsätta.

Ambulansen anländer och två män bär ut Janek på en bår medan en tjänsteman förhör vittnen och fotograferar platsen för att utreda orsaken till olyckan, ifall företaget misstänks för brott mot arbetsmiljölagen.

– Det var trist att just Polacken råkade illa ut. Han har nyligen köpt en ny Volvo och har bara några år kvar till pensionen, säger Börje som bevittnade olyckan. Han höll på att svetsa på cisternens andra ända när han såg kollegan falla.

Han har jobbat ihop med Janek i ett tiotal år och lärt känna honom som en plikttrogen och pålitlig svetsare. Han är en av de arbetare som företaget importerade från Europa under sextiotalets högkonjunktur. Många av dem jobbade mycket övertid för att snabbt höja sin levnadsstandard.

– Det såg faktiskt ut som om Polacken fick kärlkramp, för han har problem med det, säger Börja för tjänstemannen som utreder olyckan.

Numera är företagets utredare så framgångsrik att han oftast kan bevisa att en olycka beror antingen på att den drabbade har slarvat eller struntat i företagets föreskrifter för säkerhet som har blivit så omfattande att det knappast är möjligt att vara lönsamt produktiv om man följer dem till punkt och pricka.

Trots att verkstaden är full med maskiner och verktyg har ingen arbetare förolyckats i verkstaden de senaste fjorton åren, men varje år skadas några. De två senaste allvarligaste skadorna minns alla fortfarande för att de var otäcka. En vikarie fick en bit av hjässan avsliten när hans långa hår fastnade i en roterande fräs och en lärling förlorade två fingrar, när slippapper snodde sig om dem när han putsade en roterande axel på svarven.

Ett dödsfall inträffade visserligen när verkstaden renoverades och en ny avdelning byggdes men ansvaret låg hos entreprenören. Det var en byggjobbare som föll från en balk på innertaket. Entreprenören frikändes för brott mot arbetsmiljölagen. Arbetaren hade struntat i sin säkerhet trots förmannens förmaningar.

I Janeks fall har utredaren redan samlat in tillräckligt med uppgifter för att kunna hävda att olyckan beror på att han somnade och att han inte använde en säkerhetssele. Fackklubben kommer i sin tur att anklaga förmannen för att ha pressat svetsaren för hårt för att få cisternen klar i tid, eftersom beställaren kan kräva en rejäl ersättning för en försening enligt kontraktet.

Jonny kör omkring i verkstaden för att samla in pengar till en bukett blommor och en flaska vin som kolleger ska ta med sig till Janek på sjukhuset eller i värsta fall köpa en krans till hans begravning. De flesta arbetare är generösa vid sådana händelser, för alla inser att vem som helst kan skadas i produktionen.

– Det är för jävligt att det fortfarande kan hända en allvarlig olycka i vår moderna verkstad trots alla åtgärder för att förebygga dem, säger skyddsombudet Sixten medan han öppnar sin plånbok och räcker utan tvekan fram en sedel på femtio kronor.

– Det är den mänskliga faktorn, konstaterar Jonny. Man kan ju inte förbjuda arbetarna att vara människor. De måste också få vara i dålig form på jobbet.

– Jag försökte faktiskt övertala Polacken att sjukskriva sig, för jag märkte att han var utmattad, men han vägrade.

– Det beror på att sjukersättningen tyvärr inte ersätter hela lönen och att sjukfrånvaro kan påverka meritvärderingen.

Nu får Jonny syn på städaren Sten, han kör fram till honom och skramlar med plåtburken som är full med mynt och sedlar.

– Här har du en krona, säger Sten.

– Alla andra har skänkt minst tio kronor, säger Jonny.

– Det myntet är mycket mer värd än tio kronor, det är från 1921, säger Sten.

– Det är fortfarande bara en krona när jag handlar i butiken. Jag säljer den till dig. Hur mycket vill du betala för den?

– Du får åtta kronor, föreslår Sten.

– Du anser ju att den är värd mycket mer.

– Ja, men jag tar ut en avgift för att köpa mynt av andra, jag måste ha betalt för mina omkostnader, förklarar han och tar tillbaka det gamla myntet och lägger åtta kronor i burken.

– Du är hopplös!

– Det är handlingen som räknas, inte hur mycket man vill skänka, eller hur?

Sjukvård fullbokad

Ett tjugotal arbetare väntar i ett kalt väntrum på att få komma in till en företagsläkare som besöker Kugghjulet varje måndag. De är håglösa och trötta, några är bakfulla och några talar lågmält om sina krämpor men de flesta tiger med en frånvarande blick. Den här morgonen är det fler arbetare än vanligt som mår dåligt.

Läkaren har blivit luttrad av att turnera runt på verkstäder och fabriker i Göteborg under sjuttiotalet. På nära håll har han sett den sociala misären bland arbetare fördjupas som en följd av en allt effektivare produktion och av ökat antal arbetslösa. Oroväckande många missbrukar alkohol och medicin.

Han har förståelse för att krassliga arbetare överdriver sina krämpor för att kunna sjukskriva sig ytterligare en vecka eller för en längre period för att de har monotona uppgifter i trista arbetsmiljöer, de lider av värk, av gamla skador och psykiska besvär, och han inser att han befinner sig i en hopplös situation, för han kan bara förskjuta många arbetares väg mot en katastrof.

En bastant, femtioårig sjuksköterska öppnar dörren och tre synbart besvikna arbetare kliver ut. Ingen av dem har fått träffa läkaren.

– De nästa kan komma in, säger hon med ett myndigt tonfall.

Tre arbetare sätter sig i rad i mottagningen och sjuksköterskan tittar på dem i tur och ordning. Hon har lärt sig att med en blick skilja på dem som låtsas vara sjuka från dem som verkligen är det, för hon har träffat de flesta många gånger tidigare. Det är hennes uppgift att enväldigt göra sållningen, så att läkaren får ordentligt med tid för varje undersökning.

Hon riktar en forskande blick mot svetsaren Börje. De senaste

13

måndagarna har han förgäves besökt företagsvården och klagat över smärtor i lungorna. Han har förklarat att han inte vill sjukskriva sig, utan han vill bli undersökt av en specialist som kan bekräfta att svetsröken är orsaken till hans värk, så att han sedan kan kräva en modern skyddsutrustning och ett mobilt svetsutsug som ledningen anser vara en för dyr investering.

– Du har fortfarande ont i lungorna, eller hur?

– Ja, värken kommer och går, svarar han och hostar medvetet demonstrativt.

Sjuksköterskan vänder sig mot montören Benny som stirrar apatisk mot golvet. Han känner sig så eländig att han darrar och känner sig yr. Kollegerna vet om att han i smyg dricker sprit på arbetsplatsen, men de tiger om det, eftersom jobbet är det enda som han har kvar av social samvaro.

– Du är bara bakfull, konstaterar sjuksköterskan.

– Men jag spydde blod i natt, påstår han.

– Var det rött vin? frågar hon.

– Jag kan faktiskt se skillnaden mellan rött vin och blod.

– Det är viktigare att hålla sig till sanningen.

Det har fastställts att Benny är periodare. Han har varit sjukskriven i en vecka och vill nu ha ett läkarintyg för att kunna vila sig hemma ytterligare en vecka.

– Hur är det med dig då? frågar hon reparatör Evald.

– Jag har ihållande värk, svarar han. Smärtan kommer liksom inifrån och sprider sig utmed armarna och ut i händerna så att det gör ont att knyta dem. Ibland kan jag inte ens hålla i en borrmaskin.

– Du får ta det med din chef. Han kan ge dig andra arbetsuppgifter, för man kan faktiskt få värk av att hålla i vibrerande handverktyg för länge, förklarar sjuksköterskan.

Hon ger Evald en färgglad broschyr om hur man kan förebygga värkande armar, rygg och axlar genom att arbeta i rätt ställning och att dagligen göra vissa fysiska övningar på jobbet och hemma.

– Börje Andersson stannar kvar, säger hon och öppnar utgången för Benny och Evald.

Läkaren ögnar igenom patientjournalen medan Börje sitter avvaktande tyst på den andra sidan av skrivbordet med en bekymrad uppsyn.

– Ni har alltså ont lungorna, har besvär med halsen och drabbas ibland av andnöd. Är det allt? frågar läkaren.

– Ja, jag tror det, svarar Börje.

– Är ni alldeles övertygad om det?

– Ja, och det beror på svetsröken!

– Varför påstår ni det?

Han berättar om en test som skyddsombudet Sixten nyligen gjorde. Han skaffade ett speciellt filter till en röksugare. På mindre än en timme var det helt brunt av partiklar som uppstod när han svetsade. Ändå anser direktören att svetsröken är harmlös och hänvisar till företagets undersökning som visar att tjänstemän och svetsare har samma blodvärden efter en arbetsdag.

– Jag läste nyligen en undersökning om svetsare, säger läkaren. Den visar visserligen att de har fler vita blodkroppar och att de oftare har besvär med magen än andra yrkesgrupper, men man vet inte om det beror på svetsröken eller på andra omständigheter.

– Jag är övertygad om att svetsröken är skadlig, hävdar Börje envist. Man vet bara inte på vilka sätt den kan påverka en människa på lång sikt. Jag har svetsat i sjutton år. Under 1960-talet arbetade jag ofta i dragiga, smutsiga ställen.

– Du måste använda visir! uppmanar läkaren.

– Det hjälper inte alls mot röken, vad jag behöver är ett mobilt punktsug, för jag måste ibland jobba i trånga, besvärliga utrymmen. Det vore också bra att ha en svetshjälm som matar in frisk luft.

– Ert symtom kan också ha sitt ursprung i ett psykiskt tillstånd. Jag sjukskriver er för en vecka. Ni behöver vila upp er och ta långa promenader i naturen.

15

Börje har svårt att behärska sin besvikelse.

– Det verkar som om doktorn har förutfattade meningar om min sjukdom. Jag är orolig och det blir bara värre om jag grubblar över det hemma.

– Ni är naturligtvis expert på er kropp, men ifrågasätt aldrig mer min kompetens. Om ni fortfarande har besvär efter sjukskrivningen ordnar jag en remiss till en lungspecialist. Ni kan avlägsna er nu.

Med dystra tankar återvänder Börje till verkstaden och får syn på plåtslagaren Sixten, den nitiska skyddsombudet som gjorde testet med filtret på eget initiativ och sedan skälldes ut av verkmästaren som påstod att undersökningar av svetsarnas arbetsmiljön måste godkännas av direktören och fackklubbens ordförande.

– Läkaren tror tydligen att jag är inbillningssjuk för att jag hävdar att jag mår dåligt av svetsröken, och nu har han sjukskrivit mig, förklarar Börje.

– Jag är övertygad om att du har rätt, men jag har tyvärr förbjudits att gå vidare med ditt ärende, säger Sixten.

Dagens rätt

Arbetare och tjänstemän står i en lång kö i Kugghjulets rymligt luftiga och ljusa matsal. En efter en serveras de varsin portion dagens rätt: stekt panerad sill med kokt potatis och löksås. Sedan sätter de flesta sig på sina vanliga platser som om de vore bokade på livstid för dem.

– Förr i tiden var maten bra och matsalen sliten och skiten, nu är det tvärtom, gnäller Leif, en medelålders finmekaniker.

– Det har jag fått höra alltför många gånger, suckar kollegan Sixten.

Tidigare har dagens rätt tillagats och serverats av Kugghjulets personal. Nu levereras den från ett storkök på andra sidan av Göteborg. Det är ett billigare alternativ för företaget som subventionerar lunchen. Portionerna har dessutom minskats med en tredjedel och är numera smaklösa och ser trista ut men priset är detsamma som förut.

Den här veckan har menyn bestått av malen biff som var så uppblandat av allt annat än kött att Leif konstaterade att den smakade som kryddat sågspån. Han klagade också över att ärtsoppan var vattnig och fattig på fläsk och att kycklingen påminde om en seg, gammal tupp. Men han har inte meddelat ledningen om sitt missnöje med maten, för han befarar att den då börjar fundera på att avskaffa subventionen.

Ett biträde ger Leif en portion salt sill.

– Lite mer potatis, säger han buttert.

Hon vräker sönderkokt potatis på tallriken.

– Fan, inte så mycket!

Leif sätter sig bland några kolleger och glor en stund missmodigt på sin portion. Under högen av den sönderkokta, ljumma potatisen och den vattniga löksåsen skymtar han en liten sill.

– För tjänstemän duger den här ynkliga portionen, men inte för en karl som jobbar med kroppen.

Några tjänstemän vänder sig om. De hörde vad Leif sade, eftersom han alltid pratar för högt på grund av dålig hörsel. Tjänstemännen äter numera i samma matsal som arbetarna men de sitter på stolar som är avsedda för dem, eftersom arbetsoveraller kan vara smutsiga.

Matsalen är för övrigt den enda plats på företaget där de två grupperna kan betrakta varandra från sina två vitt skilda världar. De flesta arbetare och tjänstemän umgås inte ens på fritiden med varandra. Det är som om de talar olika språk och tänker annorlunda.

Direktören och hans närmaste medarbetare äter fortfarande i en egen lokal som ligger på den högsta våningen med utsikt över industriområdet i stadsdelen Hisingen vid Göta älv. Matsalen påminner om en restaurang med vita dukar och fräscha blommor på borden. En kock serverar hemlagat och fyller glasen med vin. Ledningen motiverar lyxen med att de vill kunna bjuda viktiga kunder på lunch i en avslappnad miljö.

– Den jävla sillen är för torr, seg och salt! gnäller Leif när han skär i den panerade sillen.

– Sill ska vara salt! påpekar Sixten.

– Detta är inget annat än mat för svin!

– Jag tycker i alla fall att det smakar bra med löksåsen.

– Det är ingen sås, det är vatten som man har blandat med potatismjöl och lökpulver.

Även Sixten anser att storkökets ljumma mat smakar jolmigt och att portionerna är för små, men den är fortfarande billig, och det är huvudsaken för honom. Han lagar ändå en ordentlig måltid, när han kommer hem.

– Vi borde egentligen vara tacksamma, för det är ju inte länge sedan arbetarnas barn fick gå hungriga till sängs och blev sjuka av undernäring trots att deras föräldrar slet som slavar i kapitalägarnas smutsiga fabriker och verkstäder, påpekar han.

– Det var inte heller så länge sedan arbetarna på det här företaget fick en rejäl portion hemlagad lunch för samma pris som i dag. Dagens rätt har utarmats på samma sätt som inflationen har urholkat värdet på våra löner under sjuttiotalet, svarar Leif medan han äter upp sin portion.

Dags för fackmöte

Fackklubbens kassör Ingvar kommer släntrande på gången mellan maskinerna i verkstaden, när svarvaren Dennis hojtar på honom.

– Man säger god morgon, påpekar han.

– Förlåt, jag gick i tankar, säger Ingvar.

– Hur fan kan du kan ha några tankar!

– Till och med djur kan ha det.

– Ja, jag märker det.

Dennis ler ofta brett åt alla men han kan också vara giftigt spydig. Han är inte elak, det är bara hans sätt att vara. Kollegerna har överseende med det. De vet att han blev ordentligt tilltufsad av livet för två år sedan. Hans hustru begärde skilsmässa efter arton års äktenskap och tre barn. Hon ville ha mer tid för att förverkliga sin dröm att bli konstnär. I början var han förtvivlad och bitter, för han ansåg att han hade uppfyllt sina plikter för familjen med råge. Han hade bidragit till att det alltid fanns pengar till mat, hyra och semester genom att göra en massa övertid i verkstaden.

Den första tiden plågades han svårt av ensamheten. En gång berättade han att det kändes som om lägenhetens väggar ville krossa honom. Men han fann en väg ut när han började på en kurs i gammaldans.

– Sätt dig ner och ta en kopp kaffe med oss, föreslår Dennis. Eller har du kanske blivit högfärdig för att fackklubben föreslår dig som vice ordförande?

– Nej, jag är bara lite stressad, jag försöker få gubbarna att komma på fackmötet nästa vecka, svarar Ingvar.

– Jag kan fixa det åt dig om du vill svarva i mitt ställe.

Ingvar sätter sig på en pall vid ett provisoriskt bord framför

Dennis och två kolleger, den tystlåtne André och den ständigt grinige Olle som regelbundet sjukskriver sig för värk. André återkom nyligen till verkstaden på halvtid efter en hjärtinfarkt. Den tidigare skickliga finmekanikerna har omplacerats till städare och väntar nu på att beviljas pension i förtid mot sin vilja.

De känner varandra utan och innan efter att ha druckit kaffe tillsammans i många år. De fikar hellre bland maskinernas dova buller än i pausrummet.

– För resten, ni kommer väl på fackmötet? frågar Dennis.

– Bjuder ni på räksmörgås med majonnäs? Det skulle sitta bra, säger Olle och klappar sin feta buk.

– Jag kan bara lova att fackklubben bjuder som vanligt på gott kaffe och färskt vetebröd.

– Har facket pratat med ledningen om mina möjligheter att få jobba kvar? frågar André.

– Ja, förhandlingar om ditt ärende pågår, svarar Dennis.

Så här måste Ingvar krångla med de flesta arbetare inför varje fackligt möte och ändå är det få som deltar. De tycker att det är meningslöst, för det handlar mest om att genomföra styrelsens beslut. Somliga kallar mötena för skendemokrati och de vill inte med sin närvaro fungera som alibi för sådana tillställningar.

De anser att det finns viktigare saker att göra på sin fritid. Sport är arbetarnas gemensamma intresse, framför allt fotboll, och många satsar mycket tid på tips och trav och drömmer om den stora vinsten som ska förändra deras liv. Några har blivit expert på sin hobby som inbringar en skattefri extrainkomst.

Dennis har bara deltagit i några fackmöten efter skilsmässan. I stället ägnar han sig åt gammaldans som har blivit en passion och ett behov för honom. Han har anpassat hela sin fritid och liv efter den. Han dricker bara måttligt sprit och motionerar för att bli en duktigare dansare.

I början dansade Dennis för att ragga kvinnor men efterhand blev gammaldansen viktigare än att hitta en partner. Förut pratade han gärna med kolleger om kvinnornas kroppar, numera be-

21

skriver han enbart deras sätt att dansa. En intressant kvinna är densamma som en duktig gammaldansare.

– Okej, jag kommer på fackmötet, säger Dennis. Jag ska förslå att alla möten inleds med en härlig polka.

– Ett bra förslag, skriv en motion om det, uppmuntrar Ingvar även om han vet att det knappast kommer att godkännas av fackklubbens styrelse.

Ingvar fortsätter till nästa finmekaniker som sällan kommer på fackmötena. Han arbetar så frenetiskt att den gamla svarven skakar bullrande medan glödande splitter yr omkring honom, när skärstålet skär in i det roterande stålet som ska bli en stor, måttbeställd axel för en motor.

– Du kommer väl till fackmötet för att skälla ut styrelsen för att de ännu inte har förhandlat om en ny maskin för dig, skriker Ingvar i svarvarens öra.

Han får inget svar, så han går vidare till nästa arbetare som plötsligt tittar åt ett annat håll.

Populär förmån

Reparatör Evald går fram och tillbaka i verkstaden och tittar då och då upp mot kontorets fönster. Han har svårt att bestämma sig för att gå dit för att begära förskott på lönen trots att fackklubben har förhandlat fram den rättigheten, men numera ser tjänstemän till att det är obehagligt att utnyttja den, eftersom förskott har blivit så populärt att det har ökat de administrativa kostnaderna.

Vilken jävla förklaring ska jag ge lönekontoret för att jag är pank igen? undrar Evald för sig själv. Jag kan ju inte säga att jag har varit slösaktig.

Han har rest till norra Sverige för att träffa sin före detta hustru och deras två tonåriga barn och bjudit dem på bio och middag på en restaurang. När han återvände hem till Göteborg arrangerade han en fest för kolleger och vänner för att fira att han fyllde femtiotvå år. Sedan var han pank och det är nästan två veckor kvar till lönen.

Till slut samlar Evald tillräckligt mycket mod. Han kliver in på kontoret och går raka vägen till det rum som lönerna administreras. Där sitter sekreteraren Siv och målar sina långa naglar i en glänsande röd färg med ryggen mot honom. Han harklar sig för att få hennes uppmärksamhet, men i stället börjar hon att intensivt blåsa på naglarna.

Siv var tjugosex år gammal, när hon kom från oavslutade studier på universitet till Kugghjulet som alltiallo på kontoret i mitten av sjuttiotalet. På fyra år avancerade hon till sekreterare. Hon är extremt noga med att titulerade sig som förste vice sekreterare och hon uppför sig högdraget mot arbetare och behandlar dem som om de vore underlägsna varelser.

Hon ser ut som en drömmande tonåring med sin näpna näsa, rosiga kinder, fylliga läppar och blonda hår som ramar in hennes runda ansikte som en hjälm. Hon klär sig ofta i en kjol, en färg för varje dag, och sina nätta fötter pryder hon alltid med färgglada pumps.

Just nu befinner hon sig i ett förälskat tillstånd men hon flörtar ändå ständigt till höger och vänster på kontoret. I några veckor tittade hon trånade på verkmästaren med en halvöppen, putande mun och guppade med sin stora, fasta stjärt i hans närhet tills han fattade vinken och bjöd ut henne på middag.

När Sivs naglar har torkat vänder hon sig mot Evald, knäpper sina små händer under sin lilla haka, lutar sig framåt på skrivbordet och frågar:

– Varför står du där och glor?

– Jag behöver förskott, svarar Evald.

– Nu igen? suckar hon.

Hon ber Evald att sätta sig ned vid skrivbordet som pryds med en bukett röda rosor och ett porträtt på hennes pappa och mamma och deras hund.

– Varför vill du ha förskott?

– Jag har tappat min plånbok, ljuger Evald.

– Det vill du att jag ska tro på?

– Du vill ju ha en förklaring.

– Du tror visst att jag är dum.

Evald reser sig för att gå, för han har ingen lust att förhöras som om han vore brottsling. Då är det bättre att be fackklubben att hjälpa honom med att få förskott.

– Sätt dig! befaller Siv irriterat. Jag måste kolla om du är berättigad förskott.

Hon bläddrar i ett kartotek. Lönekontoret har noga koll på de anställdas skulder. Hon tar fram kortet och där står det att han fick förskott för två månader sedan och att den är betald. Den som har skuld till företaget beviljas sällan förskott.

– Du vill förstås ha lika mycket den här gången?

– Ja, jag behöver sex hundra kronor och jag vill betala tillbaka det på tre månader.

Telefonen ringer, det är verkmästaren.

– Tack för rosorna, säger hon. Jag är strax hos dig. Det lovar jag, älskling.

Hon vänder sig mot Evald och skriver ut en check och säger snorkigt:

– Här har du dina pengar. Låt nu bli att köpa sprit för dem!

Skärvätskan

Kenneth startar sin svarv och öppnar kranen för en oljig, brunaktig skärvätska som kyler det stål som ska bli en komponent till en motor som verkstaden håller på att tillverka. Han använder så lite skärvätska som möjligt för att slippa komma i kontakt med den. Han misstänker att den kan ge cancer i pungen trots att företaget viftar bort sådana farhågor med en undersökning som visar att den är ofarlig. Några kamrater har hur som helst drabbats av klåda.

– Har du också besvär av vätskan? frågar vikarien Kalle och visar röda utslag på sina händer.

– Jo, men det var på den tiden då vi hade ackord på alla jobb och arbetarna trakasserades av en nitisk tidsstudieman. Han hade övertalat ledningen att införa en gemensam behållare för all kylvätska för maskinerna för att spara tid. Det skulle öka produktionen, eftersom jobbarna slapp själva byta skärvätska, förklarar Kenneth.

Han berättar att det var då allt fler maskinarbetare klagade över att de drabbades av klåda och eksem, men ledningen och fackklubben reagerade först, när en svarvare ringde till en tidning som publicerade en artikel med rubriken: Skärvätskan gör arbetare sjuka på Kugghjulet.

Ledningen beställde en analys av skärvätskan. Resultatet blev en chock och det hemligstämplades. Den innehöll nämligen en stor mängd urin.

Problemet skulle kunna lösas genom att åter installera en behållare för en egen påfyllning för varje maskin, men ledningen valde i stället det billigaste alternativet: Att avslöja de skyldiga.

– Nu gällde det alltså att få tag på syndarna. Ledningen utgick från att det måste vara de tre svarvare som började på verkstaden, när problemet dök upp för första gången, men ärendet var känsligt eftersom de var invandrare. Ledningen måste fixa vattentäta bevis, förklarar Kenneth.

Direktören ville inte göra om misstaget, när han beskyllde två afrikaner för att stå på toalettsitsen för att bajsa. Det skulle vara förklaringen till att de var smutsiga. Det visade sig senare att smutsen kom från arbetares overaller. De använde toaletterna som provisoriska sovrum på lunchrasten eller när de väntade på jobb. Ledningen löste problemet genom att montera bort sitsarna och stänga av elementen.

Detta hände i början av sjuttiotalet då Sverige hade högkonjunktur och importerade arbetskraft utomlands. De stora bolagen hade visserligen börjat att flytta ut tillverkningen till billigare arbetskraft utomlands, men det rådde fortfarande en stor brist på yrkesarbetare i Sverige.

En förman bevakade diskret invandrarna och kunde till slut konstatera de pissade i karet för skärvätskan som var placerat under varje maskin. Arbetarna förklarade för ledningen att de hade pissat där för att klara de allt sämre ackorden. De ansåg att de inte hade tid att gå till toaletten. Direktören gav dem ändå en skriftlig varning.

– Naturligtvis fick en tidning reda på det också, någon på företaget läckte ut uppgifterna, förklarar Kenneth.

Det blev en riksnyhet att arbetare var så stressade att de måste pissa vid svarvarna. I teve och radio förklarade direktören att företaget skulle återgå till ett slutet system för varje maskin och fackklubben passade då på att hävda att den långsiktiga lösningen var att införa timlön.

– I verkligheten var även svenskar skyldiga till eländet, säger Kenneth.

– Hur vet du det? frågar Kalle.

– Jag och några kamrater pissade i skärvätskan, men det blev ett problem när allt fler gjorde det också.

Ingenjör illa ute

Ingenjör Dick tar fram sin ömt vårdade trumpet ur ett fodral och spelar inledningen på några kända slagdängor i verkstaden, vilka ingick i hans repertoar, när han var jazzmusiker i sin ungdom i Göteborg. Därefter känner han sig redo för att ta itu med sina uppgifter. Han ansvarar för arbetarnas tekniska vidareutbildning på Kugghjulet.

Han är en populär figur bland arbetarna. Hans entusiasm och nyfikenhet uppskattas för att de ger upphov till komiska överdrifter. Det behövs bara att han får vilken pryl som helst i handen, som andra uppfattar som meningslös, för att han ska kunna hålla ett tal om dess fördelar i vardagen.

– Det hörs tydligt att du är för spänd när du spelar, påpekar en förman i förbigående.

– Ja, jag övar för lite numera, säger Dick och lägger tillbaka trumpeten i fodralet.

– Snart får du tid att öva hur mycket som helst, om de dåliga tiderna fortsätter.

– Jag planerar ju en kurs för finmekanikerna.

– Jag har hört att den inte blir av.

Ledningen har tvingats ge dyster information om företagets ekonomi i år, och nu påverkar krisen även tjänstemännen. De uppmanas att vara sparsamma med kontorsmaterial, telefonsamtal och sänka värmen på elementen och göra färre privata besök i centrum.

Lågkonjunkturen har envist bitit sig fast i Sverige år 1979 och försämrar allt mer företagets resultat så att aktieägarna vill minska antalet anställda, men det sinkas dels av fackklubbens krav på förhandlingar om turordning, dels av att ledningen har ansökt om ekonomiskt stöd av staten för att utbilda personal och att tillverka produkter som kan säljas när konjunkturen vänder.

– Vad ska jag då hitta på den här veckan? undrar Dick. Ska jag gå omkring och hänga igen?

– Väck verkmästaren! uppmanar förmannen. Han kan ge dig det rätta svaret.

Det var menat som ett skämt men Dick tar det på allvar. Han tar sin trumpet och går till verkmästarens rum. Han ringer på dörren. En röd lampa lyser att det är upptaget. Han ringer igen och åter samma signal. Han blir irriterad och kliver resolut in. Där sitter en flåsig, svettig man framför sitt skrivbord.

– Vad vill du, idiot! skriker verkmästaren.

– Detta! svarar Dick och blåser allt vad han orkar en fanfar med trumpeten.

I samma ögonblick hörs ett gällt skrik bakom ett draperi. Det är sekreteraren Siv. Hon har gömt sig för att dölja det som nästan alla på företaget redan vet: Att de har inlett ett förhållande. Hon tröstar verkmästaren som är ledsen för att hans hustru är otrogen med sin lärare på en kvällskurs i engelska.

Siv lämnar skyndsamt rummet och verkmästaren reser sig mödosamt upp och tar några haltande steg till en hylla. Han har en svår värk i ena benet för att han i ren ilska sparkade på en kartong som stod i vägen i verkstaden, den innehöll sågade stålstycken.

Han tar fram ett glas och en termos som innehåller brännvin som han har blandat med cider. Alla vet om att han dricker sprit på arbetstid men ingen törs säga det till honom. Hans häftiga humör håller kritik på avstånd.

Han dricker ett halvt glas och rapar mot Dick som sätter sig mittemot honom vid skrivbordet.

– När startar utbildningen som företaget ska få pengar för?

Verkmästaren gungar i sin knarrande stol, tänker en stund och förklarar sedan i förtrolig ton varför han anser att företaget är behäftat med ett stort fel.

– Här härskar mygel och korruption. Nästan alla med inflytande är på ett eller annat sätt beroende av varandra på grund av gamla gentjänster. Ingen i ledningen är anställd efter meriter utan det som gäller är goda kontakter eller att man är släkt eller vän med någon av ägarna och kan spela golf.

– Vad innebär det för mig? frågar Dick trots att han anar vad verkmästaren ska svara.

– Företaget ska lägga ut utbildningen på entreprenad för att det ger mer för pengarna till en lägre kostnad.

Lojalitet på livstid

Den som gör rätt för sig klarar sig alltid, förklarar finmekanikern Gunnar för vikarien Kalle.

Det brukar han påpeka för unga kolleger, när de undrar hur han har stått ut med trettiosex år i verkstaden.

– Det måste finnas andra möjligheter än att svarva ett helt liv, man lever ju bara en gång, säger Kalle.

– Jag har i alla fall fått ett bra liv genom att jobba här, och jag menar det också.

– Jag skulle garanterat bli psykiskt skadad av att svarva så många år som du.

– Jag har bara förlorat en fingertopp, säger Gunnar och visar den vänstra handens kapade pekfinger.

Gunnar respekteras för sin kompetens och är en av verkstadens trotjänare. De utför sina uppgifter till punkt och pricka och de kommer alltid i tid till jobbet, de har allvarsamma ansiktsdrag och socialdemokratiska åsikter och de har formats av fattigdomen och den stora arbetslösheten under trettiotalet och sedan av högkonjunkturen under sextiotalet, som fick sin första törn år 1973 för att Opec-länderna vägrade att exportera olja till stater som stödde Israel i Oktoberkriget. Det bromsade in utvecklingen för en allt högre social standard i Sverige.

Hans politiska aktivitet inskränker sig till att rösta i valet. Den proceduren är helig för honom. Han väljer alltid Socialdemokraterna oavsett vilka misstag och skandaler partiets politiker orsakar. De få men ständigt aktiva kommunisterna på verkstaden avfärdar han som galenpannor för att de har despoterna Mao Zedong och Josef Stalin som förebilder. Han anser att Kina och Sovjetunionen är diktaturer som orsakar sina folk ett djupt lidande.

Han går regelbundet på fackliga möten utan att för den skull bli invald i styrelsen. Han har aldrig gjort något annat än röstat på fackklubbens förslag. Opposition avfärdar han som försök att splittra den fackliga enigheten. Han är övertygad om att den är arbetarnas enda fungerande skydd mot girig kapitalism.

Han berättar att han fick uppleva kapitalismens baksida under trettiotalet. Pappans lön från inhopp i hamnen och mammans städning hos en borgerlig familj räckte knappt till att försörja familjen med fyra barn. De tillhörde dock de lyckosamma som hade jobb.

De hade bara råd att hyra ett rum och kök med vedspis i ett dragit hyreshus i ett nedgånget kvarter vid Järntorget. På innergården fanns det några utedass som spred en dålig lukt och råttor och vägglöss var en plåga för boenden. Den erfarenheten sitter bokstavligen klistrat i hans fårade ansikte.

– Du borde vara nöjd med livet, du har fått ett jobb med en hyfsad lön och du har växt upp i högkonjunktur och välstånd, påpekar han för Kalle.

Efter sexårig folkskola jobbade han i några år som springpojke för en matbutik, innan han blev lärling på Kugghjulets verkstad i början fyrtiotalet.

Gunnar har fått uppleva en mycket högre standard än sina föräldrar. Han byggde sin tegelstensvilla på ett hundra tjugo kvadratmeter i stadsdelen Hisingen på sextiotalet, han har kontant köpt en Saab och en begagnad motorbåt. På sin fritid fiskar han i Göta älv och i Göteborgs skärgård, han tittar ofta på sport på teve och prenumererar på dagstidningen Arbetet.

Hustrun jobbar på deltid som undersköterska på ett vårdhem och på sin fritid pysslar hon med trädgården och odlar grönsaker när hon inte har värk i lederna. De började semestra på Mallorca, när deras två barn flyttade ut. Den ena sonen blev elektriker, den andre tjänsteman på en statlig myndighet.

De få böcker som finns i bostaden fungerar mest som prydnad i hyllan i finrummet. Han har han köpt dem billigt genom fackklubbens bokklubb på Kugghjulet.

– Jag är den första generationen arbetare som har fått en dräglig standard, konstaterar Gunnar. Det beror inte enbart på min egen insats, jag har helt enkelt haft tur att jag var ung när högkonjunkturen kom i gång efter andra världskriget. Sverige exporterade för fullt till det sönderbombade Tyskland.

– Att arbetare fick del av högkonjunkturens vinster i form av anständigare lön, kortare arbetsdagar och längre semester hänger samman med bristen på yrkesarbetare, men också med fackföreningarnas och Socialdemokraternas insatser, förklarar han.

Den här historien berättade han för unga arbetare när de har tålamod att lyssna. De har svårt att föreställa sig hur förnedrande fattigdom kan vara, de har fått helt andra perspektiv och andra möjligheter än Gunnar.

– Den enda anledning till att jag jobbar här är att jag behöver pengar, säger Kalle. Jag ska spara ihop en reskassa för att se mig omkring i Europa, innan jag börjar studera igen. Jag vill inte leva som du, det är inte värdigt för en människa att offra sitt liv på en verkstad.

Gunnar ler överseende mot den unge mannen medan han fortsätter att svarva.

Stålpenisen

En grupp elever med en lärare närmar sig Villy som håller på att sätta fast ett stycke stål i svarven vilket han har bearbetat på så sätt att den liknar en erigerad penis. Han tar ofta fram den vid besök i verkstaden, för han har tröttnat på att somliga besökare glor på honom som om han vore ett sällsynt djur och ställer förklenande frågor om hans yrke. Han tycker mest illa om högdragna elever från den övre medelklassen.

En självsäker tolvåring stannar upp vid Villys svarv och stirrar på honom. Han bedömer att pojken kommer från någon nyrik familj. Det syns på märkeskläderna, den överlägsna stilen och den fördomsfulla attityden. Sådana elever vill gärna pråla med sin välfärd.

– Den där grejen kan väl vem som helst göra, påstår pojken snorkigt.

– Vet du att den grejen blir mindre när det är kallt precis som din lilla snopp? säger Villy.

– Du ljuger, det vet jag, svarar han ilsket. Min pappa säger att arbetare är dumma, lata och smutsiga.

– Min pappa säger att ungar som du är hjärndöda för att de tillverkas på laboratorier.

Pojken ser mäkta förolämpad ut, han springer efter gruppen som nästan hunnit fram till utgången medan Villy tar loss stålpenisen och lägger undan den för nästa tillfälle.

Några gånger i månaden beskådas verkstaden och arbetarna av besökare, allt från skolklasser till pensionärer. Flest besökare kommer det, när politikerna konkurrerar om väljarnas röster. Då dyker också socialdemokratiska politiker och fackföreningarnas pampar upp.

Partiledaren Olof Palme har varit på besök två gånger. Han kom i sällskap med fackliga pampar. Han kollade aldrig vad arbetarna tillverkade, utan i stället diskuterade han politik med dem. Arbetarna ville veta mer om löntagarfonder som ska ge dem mer demokratiskt inflytande över arbetsplatsen. Det är en vision som Socialdemokraterna och arbetarnas fackföreningar har lanserat och som möter vredgat motstånd från kapitalägare och högerpolitiker.

Villy har inget emot att träffa kunniga besökare. De ser inte på honom med en vidöppen blick som skolbarn. För experterna är han en skicklig yrkesman. Han besitter goda kunskaper i matematik och ritning för att kunna utföra avancerade reparationer och tillverkning av komponenter med hjälp av en svarv. Han är utbildad finmekaniker och stolt över sitt yrke och sina kunskaper.

Det finns konstiga typer även bland de kunniga besökare. Den mest minnesvärda var en stollig uppenbarelse som har låtit bygga en westernstad på den småländska landsbygden. Han såg ut som en karikatyr av en cowboy. Han viftade med en revolver, som var en exakt kopia av en verklig colt. Under en period köpte han verkstadens gamla maskiner billigt och sålde nya dyrt som ofta krånglade eller gick sönder.

Han var spekulant på Villys gamla, slitna svarv trots att han förklarade att han älskade den och att den fungerade perfekt. En månad senare stod han där ändå med en modern maskin och som tröst fick han en cowboyhatt med smålänningens signatur.

Plötsligt står den snorkige pojken vid Villy svarv igen, men nu med läraren och verkmästaren.

– Det var den där gubben som var dum mot mig, säger pojken och pekar mot Villy. Han sa att jag är hjärndöd.

– Stämmer det? frågar verkmästaren.

– Nej, han ljuger, svarar Villy.

Pojken snyftar, läraren tröstar honom och verkmästaren tar Villy avsides och viskar väsande:

– Du kan för helvete vara hygglig mot den lilla snorvalpen, för

35

jag har ingen lust att bli utskälld av hans rika farsa.

– Min stolthet är mer värd än en bortskämd pojkes sårade känslor anser jag, svarar Villy.

– Någon stolthet har du aldrig haft, du skulle kunna krypa för själva djävulen för en extra bit bröd.

Pojkens pappa är en av stadens nyrika som bor i ett av de fina kvarteren, där den övre medelklassen har förskansat sig bakom höga, taggiga häckar, inbrottslarm, väktare och ilskna hundar som om de fruktar för att verkligheten som de tjänar pengar på ska börja göra sig märkbar med sin kamp att klara vardagens umbäranden.

Villy vänder sig mot pojken och förklarar att han får välja mellan en ursäkt eller en present.

– Jag vill ha stålgrejen! säger pojken bestämt.

– Nej, svarar Villy förskräckt. Du får cowboyhatten i stället. Den fick jag av en äkta smålänning.

Men pojken står på sig och Villy känner sig tvingad att ge honom stålpenisen, som blänker som en spegel efter många timmars puts. Läraren ler generat och pojken skuttar stolt iväg med gåvan.

Slyngeln förstår sig åtminstone på att uppskatta gott hantverk, tänker Villy.

Själsfränder

En morgon ser Mikael så nedstämd ut, när han anländer till verkstaden att kollegor undrar om han är sjuk.

– Jag är orolig över att Märta tröttnar på att vänta tills hon får ta över min lägenhet, förklarar han.

– Kan hon inte flytta in hos dig? frågar en kollega.

– Jag vill inte ha hennes barn hos mig hela tiden, för jag vill i lugn och ro kunna lyssna på musik efter jobbet.

– Sätt munkavle på barnen och flytta ihop med Märta, för en sådan chans får du inte en gång till.

– Jag blir nog illa tvungen till det, för snart kommer jag inte att ha råd att betala hyran.

Kollegerna imponeras över att Mikael har lyckats etablera ett förhållande till en sådan ståtlig kvinna som Märta trots att hans skrangliga gestalt påminner om en fågelskrämma vid hennes prydliga uppenbarelse. Han är sjukligt mager, lider av magsår och är något kutryggig. Kolleger som har mött paret tycker att de ser lyckliga ut, även om de är iögonfallande omaka till det yttre.

Mikaels lägenhet på sex rum med ett rymligt kök betyder allt för honom. Den ligger ett stenkast från centralstationen med utsikt över kanalen. Där har han gott om plats för sin enorma musiksamling och nära till olika evenemang. Han har lyssnat på allt från Rolling Stones på Scandinavium till klassiska operetter på konserthuset. Det är ett intresse som han delar med Märta. De är hängivna i kultur och de tvekar inte en sekund att lägga den sista slanten på en operabiljett.

Han jobbade tidigare som alltiallo till sjöss och därefter försörjde han sig som grovarbetare i Australien i några år. När han var hantlangare på ett bygge skadade han sin syn så att han blev blind på det högra ögat. På det andra ögat har han en så dålig syn att han måste använda förstoringsglas för att kunna studera detaljer i ritningar för de jobb som han ska utföra med svarven.

När han återvände till Göteborg lärde han sig att svarva på en liten mekanisk verkstad och flyttade in hos en gammal änka till en operasångare. De delade hyran för den stora lägenheten tills hon avled. Han fick ta över bostaden och en stor del av möblerna och hela hennes musiksamling.

I mitten av sextiotalet blev han finmekaniker på Kugghjulet trots sitt handikapp. På den tiden kollade företaget inte arbetarnas hälsa, innan de anställdes, för det rådde en stor brist på yrkesarbetare. Att han fortfarande tillåts att svarva beror på att han är extremt noggrann. Förmannen ser till att tilldela honom uppgifter som kräver det.

De senaste åren har han sjukskrivit sig en vecka på hösten för dåliga mage. Han passar då på att äta upp sig och promenera regelbundet i stadsparken Trädgårdsföreningen. Det var där han träffade sin kärlek, en stilig sjuksköterska i fyrtioårsåldern som bor i en förort med sina tre barn efter en skilsmässa.

Han har lovat Märta att hon ska få ta över hans lägenhet, när han har hittat en mindre i centrum, men han förhalar det för att han är orolig för att hon bara är ute efter hans attraktiva bostad. Han har också tigit om att den nya fastighetsägaren planerar att lyxrenovera hyreshusets lägenheter. Det kommer att innebära att han bara får råd att bo kvar om han delar hyran med en inneboende.

Mikael har svårt att koncentrera sig på arbetet efter samtalet med kollegan, och till slut kliver han in på fackklubbens kontor för att ringa till Märta. Hon blir förvånad över att han vill att hon ska flytta till honom och förklarar att hon nyligen har fått ett kontrakt på en hyreslägenhet som ligger nära stadsteatern.

– Vi kan väl träffas ändå? undrar han ängsligt.

– Självklart, Mikael, jag gillar dig. Du är den bästa vän som jag någonsin har haft. Vi är själsfränder.

Mutor i retur

Reparatör Evald ställer sig framför disken till verkstadens förråd och ringer på en klocka.

– Jag behöver en ny fil, säger han.

– Den ska du få på momangen, svarar förrådsmannen Mats, när han synar beställningen.

Mats går direkt till en viss hylla i förrådet för att hämta filen. Han kan utantill var varenda sak finns. Det handlar om tusentals olika verktyg och material som han har ordnat efter ett hemmagjort system som bara han begriper.

Han återvänder med filen och säger:

– Jag var femton år när grannens dotter en dag drog in mig till sitt rum och sa: Titta, jag har fått hår på fittan! Då blev jag så kåt att jag kastade mig över henne men fittan var för trång, och då sa hon att det går lättare om man först spottar i springan.

Evald ler överseende. Det är typiskt Mats att prata sexistiskt om det motsatta könet.

– Du tänker för mycket på kvinnans könsorgan, säger han. Gör som jag, runka i stället. En hederlig runk är bäst, det är gratis, hygieniskt och orsakar inga konflikter.

– Att runka är som att äta mat utan näring. Man blir aldrig mätt av det, hävdar Mats.

– Att knulla är som att runka i en annans kropp, tycker Evald.

Mats fortsätter att inventera förrådet. Han är nästan maniskt noggrann med att alla prylar ska finnas exakt på sin plats och att inget fattas. Förrådet är hans revir sedan tjugo år tillbaka. I början hade han två kollegor tills de slutade med förtidspension. De senaste åren har han även gjort deras uppgifter och det till samma lön som tidigare. Han gnäller inte över det, för han trivs med

39

att jobba ensam och att bestämma själv över förrådet.

Han är den typ av ungkarl som aldrig har haft ett längre förhållande med en kvinna just för att han är knepig, ovårdad och fixerad vid sköten. Han brukar säga: Allt som luktar fitta duger för min kuk! Han har ingen hobby, för det är som om tankarna om sex tränger undan allt annat. Han tror att hans fixering beror på att hans mamma överraskade honom, när han som fjortonåring runkade till pappans porrtidningar i familjens källarförråd.

Hans umgänge med det motsatta könet utgår från att det är lika riskabelt att inleda ett förhållande med en kvinna som att köpa en begagnad bil utan besiktningspapper. Därför tycker han att det var bäst att sikta in sig på tillfälliga, könsliga möten. Kolleger är övertygade att det innebär att han köper sex av prostituerade kvinnor, även om han hävdar att de är för dyra för honom.

Det ringer vid disken. Det är plåtslagaren Lena, en av de få kvinnliga arbetarna i verkstaden. Han är numera noga med att hålla tungan rätt i mun inför kvinnor på Kugghjulet av bitter erfarenhet.

– Jag står ödmjukt till din tjänst, säger han.

– Jag vill ha en plåtsax, min gamla har försvunnit, säger hon.

Normalt skäller han ut kolleger som slarvar bort verktyg, men i stället säger han kvickt:

– Du ska få den på momangen!

För ett halvt år sedan rasade Mats värld totalt samman. Ledningen bytte i all hast ut honom mot en ung kollega. Direktören hävdade att han trakasserade Lena med sexistiska skämt. Hon hade också klagat över pornografiska bilder som han hade satt upp på väggar i förrådet.

Fackklubben ansåg däremot att omplaceringen var ett straff för att Mats hade skickat tillbaka kundernas gåvor med motiveringen att företaget inte tar emot mutor. Gåvorna brukar företagets postbud låsa in i ett plåtskåp på kontoret men en dag var det fullt med designade prydnader, belgisk choklad och exklusiva viner, så han placerade kartongerna tillfälligt i förrådet. När

Mats kollade vad paketen innehöll blev han arg, inte för att han uppfattade gåvorna som mutor, utan för att de bara var avsedda för företagets ledning och högre tjänstemän. Den lilla gåva som arbetarna får varje år som julklapp är en billig prydnad.

Under förhandlingen om Mats framtid viftade fackklubbens ordförande med arbetsrätten framför direktören och förklarade att arbetsgivaren visserligen får omplacera personal efter behov, men att det ska föregås av en förhandling. Mats hade däremot omplacerats omedelbart. När han en måndag kom till verkstaden hänvisades han till arkivet i källaren med dunkelt ljus bland en massa dammiga pärmar som var fulla med dokument som han beordrades att sortera.

Mats blev inåtvänd och magrade under den månad som förhandlingen pågick. Det var uppenbart att han höll på att bli allvarligt sjuk av längtan efter sin värld i förrådet där han håller koll på varenda pryl.

Plötsligt ändrade ledningen sig och Mats fick återvända till förrådet. Många kolleger utgick från att det berodde på att direktören fruktade att historien skulle läcka ut till massmedier, men anledningen var att ersättaren orsakade en total oreda i förrådet för att han inte mäktade med att på egen hand utföra uppgiften.

Mats återfick snabbt sin forna, glada uppsyn och hans status bland arbetarna höjdes ett snäpp. De tycker att han var modig som skickade tillbaka gåvorna till avsändarna.

Det ringer vid disken. Han skyndar sig dit. Det är Evald igen, som nu vill ha ett par skyddshandskar.

– Behöver du verkligen handskar för att runka? frågar han.

Protest till arkivet

Jonny åker omkring med en truck bland arbetarna i verkstaden för att få deras underskrift för en protestlista mot att ledningen och fackklubben håller på att förhandla om att förlägga några dagar av arbetarnas femte semestervecka till julen så att de får en sammanhängande ledighet på tio dagar och verkstaden kan hållas stängd den tiden. Han kräver att arbetarna ska själva få avgöra vad de vill göra med den femte semesterveckan.

Svarvaren Gunnar synar noga protestlistan och vänder sig sedan mot Jonny och säger det många antagligen tänker:

– Jag tycker precis som du att vi själva ska bestämma över vår semester men jag kan tyvärr inte skriva på det, eftersom kommunisterna ligger bakom aktionen.

– Visst kan du det, du ska ju ändå gå i pension om ett år! Det enda som kan hända är att fackklubben och ledningen inte ger dig någon avskedspresent för en lång och trogen tjänst.

Jonny är en aktiv medlem i ett kommunistiskt parti men i det här fallet har han tagit ett eget initiativ, vilket han påpekar, men det hjälper föga. Han tar inte illa upp, för han vet redan i förväg att han inte kan påverka fackklubben med en protestlista, men han vill markera sitt missnöje med den.

De flesta arbetare vill inte skriva på protestlistan, för de är oroliga för att utsättas för repressalier. Det handlar mest om subtila metoder som att fackklubben undviker att ge fullt stöd när en arbetare hamnar en krisig situation gentemot sin förman eller att inte ge något fackligt stöd vid meritvärdering.

Några arbetare stryker sin signatur, när de anar att för få ska skriva under. De flesta namnen är kända som anarkister, socialister, kommunister och några är missnöjda socialdemokrater.

Ordföranden Roger meddelade på det senaste fackmötet att de måste gå med på ledningens förslag, annars försämras företagets ekonomi ännu mer, så att det måste börja varsla personal på våren nästa år. Kommunisterna anser däremot att det inte är arbetarnas sak att med försämrade villkor bistå företaget, men de är för få för att ha någon chans att hävda sig mot fackklubbens argument.

Det är knepigt att vara aktiv kommunist, socialist eller anarkist på verkstaden, eftersom de avfärdas av fackklubben som socialdemokraterna kontrollerar till hundra procent. När Roger tog över fackklubben för tre år sedan fick han en styrelse som kunde rabbla utantill den gamle ordförandes tankar. Han härskade enväldigt över de fackliga frågorna i mer än två decennier tills han plötsligt fick hjärnblödning och avled.

Roger fick ärva en styrelse som består av dödligt lojala socialdemokrater som har utvecklat en pragmatisk inställning till Kugghjulet. De anser att det som är bra för företaget är också bra för arbetarna. Han ifrågasätter däremot den ensidiga inställningen, han vill hellre utgå från de anställdas perspektiv så långt som det är möjligt.

Jonny lyckas få tjugofyra namn på listan och en av dem är Gunnars signatur som han värderar högt, eftersom han är en respekterad trotjänare. Men han har inom parentes skrivit: Jag är inte kommunist! Han kliver in i fackklubbens lokal där Roger håller på att traggla regler, avtal och lagar som han företrädare behärskade ordagrant.

Han tar tigande emot protestlistan, ögnar igenom namnen och säger bestört:

– Hur fan kan du vara så fräck att du övertalade den snälle Gunnar skriva på detta elände?

– Han gjorde det frivilligt.

– Den här jävla protestlistan visar hur lätt ni kommunister dramatiserar situationen. Frågan är mer komplicerat än er naiva syn på verkligheten, förklarar Roger och knycklar omsorgsfullt ihop arket till en boll och kastar det mot en papperskorg som han ofta använder som arkiv men det hamnar på golvet.

– Skit! utropar han. I dag är tydligen hela livet emot mig!

Jonny tar tigande upp protestlistan medan Roger förklarar att ledningen vill stänga verkstaden hela julen, eftersom det finns för få beställningar för att det ska vara lönsamt att hålla i gång verksamheten.

– Det är inget offer för arbetarna att ha extra ledigt på julen, anser Roger. I stället ger det fackklubben bättre utgångsläge när vi förhandlar med ledningen om besparingar.

– Jag fattar att jobben är i fara, men det är alltid riskabelt att utgå från ledningens agenda, säger Jonny och ger protestlistan till Roger som knycklar ihop den igen och kastar den rakt in i papperskorgen.

– Där satt den!

Stölder och svinn

Trotjänaren Oskars möte med Kugghjulets ledning blir en hysterisk tillställning. Direktören gormar och hotar med fängelse och allt annat hemskt som han kan komma på för att arbetaren har försökt stjäla tolv stora muttrar. Han hävdar att de är värda minst tio tusen kronor även om de har tillverkats av kasserat material.

– Ni borde i stället kolla era leverantörer och inköpare bättre, för det är där ni kan hitta den verkliga orsaken till svinnet på företaget, förklarar Oskar lugnt.

– Beskyller du våra tjänstemän för stöld? skriker direktören viftande med armarna.

– Jag menar bara att det uppstår en knepig situation när tjuvar ska jaga tjuvar.

– Du är en simpel tjuv! Det kan vi i alla fall konstatera.

– Muttrarna är det enda bevis ni har på att svinnet beror på arbetarna, eller hur?

Ledningen är övertygad om att arbetarna är så tjuvaktiga att de stjäl från företaget vid första bästa tillfälle trots att en stöld alltid innebär en skriftlig varning och i värsta fall avsked. Det spelar ingen roll om det bara handlar om pennor, gem och gummiband och andra småprylar. Stöld är alltid stöld oavsett omfattning är ledningens hårda inställning.

I verkligheten är det bara några arbetare som stjäl regelbundet och de har inget dåligt samvete för det. De anser att stölderna är en rättfärdig kompensation i det kapitalistiska systemet för att det bygger på stöld av deras tid så länge vinsterna inte fördelas rättvist.

– Om du berättar vilka personer som är inblandade i stölderna, hur omfattande de är och vilka beställarna är erbjuder jag dig ett lysande arbetsintyg och struntar i att polisanmäla dig, föreslår direktören nästan vädjande.

– Jag kan bara erkänna att jag försökte stjäla muttrar men jag gjorde det för att få ihop pengar för en hjälpverksamhet för nödställda mödrar, förklarar Oskar lugnt. Jag anser att det är ledningens skyldighet att bidra till en bättre värld.

– Du förstår tydligen inte vilken allvarlig situation som du befinner dig i, säger direktören som rodnar av ilska.

Ledningen avfärdar Oskars förklaring som en bluff och beslutar på stående fot att stänga av honom från arbetsplatsen och omedelbart förhandla med fackklubben om hans öde. Han återvänder till sin svarv för att packa sina privata prylar och lämna in arbetskläder och verktyg.

Anledningen till att han blev tjuvaktig var en sämre meritvärdering. Den utgår till en stor del från förmannens omdöme en gång om året och den gjordes när Oskar behandlades för en långt gången prostatacancer. Fackklubben protesterade förgäves mot den sämre värderingen, de ansåg att han straffades för att han sjuk och gammal.

Oskar stal arbetstid och använde företagets rostfria stål för privat tillverkning under några år. Det är knappast möjligt att stjäla handmaskiner och dyra verktyg, eftersom de måste lämnas in till förrådet efter arbetstidens slut, men dödtiden mellan olika jobb är däremot något som företaget har missat. Den använde han för privata jobb, allt från att renovera delar för bilar till att tillverka måttbeställda komponenter för andra företag.

Det är inga problem att ta in prylar för renovering, för portvakten kontrollerar bara misstänkta väskor när arbetarna lämnar Kugghjulet. Men det gäller att få ut prylarna så snabbt som möjligt, eftersom ledningen kan besluta om en razzia när som helst. Det löste Oskar genom att låta kolleger som jobbade extra på kvällen kasta varorna över staketet på verkstadens baksida. De gjorde det mot en viss ersättning.

Det var en nitisk tjänsteman som konstaterade att svinnet av rostfritt stål ökade utan att han kan hitta någon annan förklaring än att det har stulits. Företaget gjorde en razzia. Alla omklädningsskåp och väskor undersöktes. De hittade bara toalettpapper, pennor och muggar som tillhör företaget.

Men i Oskar skåp fann en tjänsteman en anteckning om att renovera bromsskivor för bilar och tillverka viktskivor för ett privat gym. Några sådana arbeten utför inte verkstaden. På så sätt drog ledningen slutsatsen att arbetare inte bara stal material, utan också arbetstid och de misstänker att sakerna smugglas ut via byggnadens baksida.

Ett vaktbolag fick i uppdrag att patrullera området regelbundet dygnet runt. Månaderna förflöt utan resultat och ledningen kunde konstatera att bevakningen kostade mer än svinnet. Det blev till slut Oskar som ertappades av väktaren, när han på kvällen höll på att lasta en kartong med muttrar i sin bil vilka hade beställts av ett företag.

Oskar tar avsked från sina kolleger vid svarvarna och en av dem viskar:

– Jag tror att jag vet vem som tjallade på dig.

– Äsch, jag vill inte veta det, jag tycker att det är dags för mig att lämna verkstaden, säger Oskar.

Han stiger in i fackklubbens lokal, där ordföranden Roger väntar på honom. Han förklarar att Oskar slipper polisanmälan för försök till stöld för att han lyckades övertyga direktören om att avsked är ett tillräckligt hårt straff för en trotjänare som snart ska gå i pension och som aldrig tidigare har fått en anmärkning.

Lektion i franska

Direktören ringer till sekreteraren Siv som väntat vid lunchtiden. Han vill ha en lektion i franska innan han har ett möte med fackklubben om Kugghjulets kris. Kollegan Birgit får däremot nöja sig med att ta diktamen för chefen och det är hon glad över, för hon tycker att han är skrämmande otäck, inte för att han är kort och rund, utan för att hans svullna, svettiga ansikte kan skifta från grått till rött beroende på hans snabbt skiftande humör.

– Karlar tänker bara på en sak, suckar Siv med låtsad uppgivenhet.

– Ja, det är inte klokt egentligen, håller Birgit med och suckar som om hon lider med kollegan.

– Jag kan inte fatta att de till och med vill betala för att få göra det, säger Siv.

– Inte jag heller. Karlar är nog lite galna.

– Ja, det är i grund och botten synd om dem.

Sekreterarna Siv och Birgit kan babbla om vad som helst när de jobbar tillsammans på lönekontoret. De är bästa vänner och har inga hemligheter för varandra och de gör sig ofta lustiga över manliga kolleger, som de anser är knepiga och opålitliga för att de mestadels tänker med underlivet.

Siv är den gladlynta typen som gärna framhäver sina välformade bröst med en utmanande urringning medan Birgit anses vara lika trist som hon ser ut i sina säckiga byxor och snaggade, råttfärgade hår. De är i trettioårsåldern och de har flera förhållanden bakom sig, men de hyser fortfarande hopp om att hitta den perfekta mannen som ska får äran att berika deras liv.

Exakt klockan kvart över två kliver Siv in i direktörens rum, där han otåligt väntar på henne. Hon drar genast upp kjolen och hukar sig över hans mäktiga skrivbord mellan ett porträtt på hans arton år yngre hustru som nyligen fött en son och en silvrigt glänsande pokal som han har vunnit på en privat tävling på en exklusiv golfklubb i Spanien. Han ställer sig på en pall och tar ett krampaktigt hårt grepp om hennes stjärt.

Siv har inga betänkligheter att låta direktören ha samlag med henne mot betalning. Hon anser att det är lika bra att ta betalt för det, så länge det bara handlar om sex. Hon finner det märkligt att män njuter av att ha sin penis i hennes sköte, för hon äcklas av sitt könsorgan så djupt att hon helst undviker att se den.

– Pappa, var försiktig, jag är oskuld, gnyr Siv på låtsas.

Den sextioårige direktören blir upphetsad av att Siv spelar dottern som han fick i sitt första äktenskap. Då får han snabbare en kraftigare utlösning.

– Håll tyst! Nu ska pappa lära dig att knulla, säger direktören och trycker in hela sin svullna penis med en enda stöt i skötet.

– Aj, det gör ont, pappa!

Direktören grymtar som vanligt när han får utlösning som om han befrias från en inre demon medan han slår nävarna några gånger på Sivs stora stjärt så att det smärtar henne. Samlaget är som vanligt över på några minuter. På dessa minuter får hon mer betalt än för tre dagars arbete som sekreterare. Den här utgiften skriver direktören ut som representation.

Siv torkar snabbt av skötet med en servett, rättar till kjolen medan han knäpper jylfen. Hon tar emot en check och återvänder till kontoret där Birgit väntar.

– Det är förskräckligt att direktören har så svårt för att lära sig franska, säger Siv.

– Men du kan ju inte heller franska, påpekar Birgit skrattande.

Dotter att överta

En kväll besöker Olle oväntat Kalle med sin nittonåriga dotter och säger frankt:
– Nu får du ta över Anita!

Olle ser inget märkligt i att försöka para ihop dottern med en kollega som han gillar. Han träffade sin hustru på ett liknande sätt och det har många andra också gjort på Kugghjulet. Det hänger samman med att de flesta i verkstaden umgås bara med varandra och med andra arbetare på sin fritid.

Under några månader har Kalle umgåtts regelbundet med Anita. De är grannar i Rannebergen, en förort som ligger längst ut i stadsdelen Angered. De har gjort långa promenader i parker, de har gått på bio och sett några revyer och en gång bjöd pappan på middag på en kinesisk restaurang. Hon sade inget på eget initiativ, vilket fick henne att framstå mystisk för Kalle.

Han tycker att Anita är förtjusande med sitt tjocka, lockiga hår som ramar in hennes vänliga, runda ansikte, men det finns en sorg i hennes intensivt bruna ögon när hon betraktar honom. Trots att hon klär sig luftigt märker han att hon är välskapad när han kramar henne.

Det irriterar Kalle att han alltid måste övertala Anita att följa med ut och det oroar hennes pappa att hon isolerar sig. Hon sitter helst hemma i sitt rum och skriver dikter, spelar piano och läser skönlitteratur. Hon har bara sporadisk kontakt med några kompisar som hon lärde känna på gymnasiet.

Olle lämnar lägenheten och Anita sätter sig bekvämt till rätta i sängen mitt emot Kalle och väntar avslappnat på hans initiativ medan han nervöst pratar om ingenting.

– Får jag ligga med dig? frågar han till slut.

– Ja, men du måste använda kondom.

– Jag har inga kondomer.

– Då måste du vara mycket försiktig, för jag kan dö om jag blir med barn, för jag har ett allvarligt hjärtfel. Det har i alla fall läkaren sagt.

Han vet sedan tidigare att hon har opererats men inte att det är så allvarligt.

Hon knäpper upp skjortan och visar Kalle ett långt, fult ärr mellan två fylliga bröst. Han känner på ärret som om han vill övertyga sig om att det är äkta.

– Blir du ledsen om jag ångrar mig? undrar han.

– Nej, jag tycker om dig, men jag vill inte vara ihop med någon, jag vill bara få bestämma över mig själv. Jag är här med dig för att min pappa tycker att det är konstigt att jag inte gör något annat än sitter hemma.

De äter chips och dricker vin medan de pratar ut om situationen. Hon vill att pappan ska sluta utöva påtryckningar på henne. Till slut kommer de överens om hur Kalle ska svara Olle, om han i morgon frågar hur mötet med dottern gick.

Det är midnatt när de kliver ut på gården. De promenerar långsamt, tigande hand i hand till familjens lägenhet och de skiljs efter en lång kram.

På morgonen sätter Olle sig vid Kalle i pausrummet i verkstaden. De röker en stund under tystnad. Han anar vad Olle funderar på men han vill ge honom tid att formulera frågan.

– Varför vill du inte ha Anita? frågar han till slut.

– Visst vill jag ha din dotter, men hon anser att hon inte kan uppfylla min heta önskan att få tre barn på raken, ljuger Kalle.

– Inte visste jag att du vill bilda familj.

– Är hon ledsen?

– Nej, hon är på bra humör. Hon har nu bestämt sig för att studera till sjuksköterska.

– Det var skönt att höra.

Lång färd till jobbet

En disig måndagsmorgon står några tigande arbetare och stampar otåligt på en hållplats i förorten Rannebergen i stadsdelen Angered medan de väntar på bussen. De kurar ihop sig i den fuktigt kyliga vinden. Tröttheten och ledan tycks ha stämplats in i deras uttryckslösa ansikten.

Olle röker en cigarett medan han vaggar fram och tillbaka med sin tjocka kropp. Hans feta kinder rodnar och hans bakåtkammade, svarta hår blänker av fett. Då och då tittar han på klockan som han gjort sedan han flyttade till förorten när den invigdes för fem år sedan. Kvart i sex ska bussen anlända.

Framför Olle går en skranglig man otåligt fram och tillbaka och sprätter iväg det främre benet direkt före nästa steg som om han låtsas kicka en boll framför sig. Det är Knut som alltid är klädd i slips och kavaj som om han vill dölja att han är arbetare. Han har sina händer så hårt nedkörda i sina fickor att hans svankiga rygg framträder tydligt. Hans mun är slött öppen till hälften. Ibland stryker han en hand över sitt välansade, röda skägg.

Olle förflyttar sig några steg från Knut, för han känner obehag av att stå invid honom som han anser är underlig. De har åkt till samma verkstad i några år, men de hälsar inte längre på varandra sedan Olle hotade honom med stryk, när han gick omkring på gården och vrålade rakt upp i luften på natten som om han hade fått ett psykiskt sammanbrott.

När bussen anländer sprätter Olle i väg fimpen på gatan och tränger sig först in i värmen och sätter sig som vanligt längst fram. De andra arbetarna väljer också sina bestämda platser. Bussen kör runt förortens höghus och snart är den fullt med tigande passagerare.

Bussarna från Rannebergen, Gårdsten och Lövgärdet stannar vid ändhållplatsen i Angereds centrum och passagerare kliver tigande på spårvagnens fyra vagnar. En av dem är en mörkhyad man vid namn Malik, han sätter sig vid kollegan Olle som alltid ser till att det finns en sittplats för honom.

Innan spårvagnen når Göteborgs centrum efter en färd på trettio kilometer är det trångt med passagerare från förorterna. Några slumrar till, andra läser tidningar men de flesta tittar bara tomt framför sig. Det är bara den morgonpigga Maliks bullrande stämma hörs i vagnen.

– I går höll jag på att skrämma ihjäl en gubbe som satt bakom mig och petade på min hatt, säger han på perfekt svenska. Till slut förlorade jag tålamodet, vände mig om och tryckte tummen på hans näsa och röt att jag skulle mosa den om han inte kysste min svarta hand och då gjorde han det.

– Han kunde ha fått hjärtinfarkt, säger Olle och skrattar så att hans svällande mage guppar.

Vid centralstationen väller alla ut åt olika håll till nästa anslutningar. Olle och hans kolleger stiger på en spårvagn som för dem till ett dystert industriområde på Hisingen på andra sidan av Göta älv. De tar bussen på den sista sträckan till arbetsplatsen.

I samma ögonblick som de går genom Kugghjulets port förvandlas Olle till svarvare, Knut till fräsare och Malik till postbud med anställningsnummer som står till chefernas förfogande och lyder under företagets regler och avtal under åtta timmar.

De stämplar in klockan tio minuter i sju, Malik försvinner till kontoret för att hämta intern post och Knut går till sin förman och klagar över sömnlöshet. Han får vila sig i sjukvårdens väntrum tills företagsläkaren anländer.

Olle klär om sig till en arbetsoverall och sätter sig i pausrummet för att dricka kaffe och prata med några kollegor om väder, tips och tv-program, innan det blir dags för honom att ställa sig vid en svarv för att producera axeltappar.

53

Smärtsam erfarenhet

Lena lägger en ny plåt i en kantpress medan Gustav sitter i en truck och stirrar flinande på henne.
– Vad blänger du på? frågar hon.
– Jag funderar på hur du kan se ut utan den skitiga overallen, svarar han.
– Jag trodde att gubbar i din ålder hade kommit över sådana funderingar.
– Å nej, i min ålder tänker man bara på det.
– Kasta dig i väggen!
Gustav kör hånfullt skrattande i väg.

Lena tycker om att umgås med kollegerna och trivs med jobbet som plåtslagare, även om det ofta är knepigt att vara kvinna i verkstadens manliga miljö. Företaget har bara tre kvinnliga arbetare och två av dem är mammalediga. De flesta män behandlar dem kamratligt, men de övriga är desto fräckare.

Det var en tillfällighet att Lena hamnade på Kugghjulet. Efter tolv år vid en kassa i en matbutik fick hon värk i axlarna och nacken och började fundera på ett annat jobb. Hon besökte arbetsförmedlingen som just hade startat en kampanj som skulle få ut fler kvinnor till arbetsplatser som domineras av män.

Efter ett halvt års studier i industriteknik som arrangerades av arbetsförmedlingen fick hon en provanställning på verkstaden trots att personalmannen befarade att kvinnor kunde orsaka sexuella spänningar och därmed störa produktionen. Han utgick antagligen från situationen på kontoret, där tjänstemän flörtar med varandra. Men ledningen var positiv till att få fler kvinnor i produktionen så länge arbetsförmedlingen betalade deras utbildning.

54

Lena klarade uppgifterna galant och kom bra överens med andra plåtarbetare. Hon är produktiv men hon störs dagligen av de fräcka typer som hon försöker hålla på avstånd med hårda ord så gott det nu går. Hon har tagit upp problemet med sin förman, men det har bara förvärrat situationen.

Det är dags för lunch, Lena stänger av kantpressen och går till omklädningsrummet för att tvätta sig. Hon överväger om hon ska fråga om Kenneth vill äta tillsammans med henne igen, men samtidigt vill hon inte vara påträngande i en manlig miljö, eftersom det kan uppfattas fel. Han har undvikit hennes avdelning sedan hon kom till jobbet efter deras första möte hemma hos henne i helgen.

De började äta lunch tillsammans efter det att han hade sparkat Gustav i baken så att han föll framstupa för att han var fräck mot henne. Hon tycker att han är en stilig man. Han är lång, kraftig och har ett bullrande skratt. Visserligen har han dåliga tänder och han snusar, har en begynnande flint och har två barn med olika kvinnor, men hennes känslor silar bara fram det bästa hos honom så att han framstår som en rejäl man.

En dag frågade han Lena i vilken hand han höll en hemlighet och räckte fram två knutna nävar och hon gissade på den högra handen. I den låg ett hopvikt papper. Hon vecklade upp det och läste följande: Jag älskar dig, min blomma! Hon blev så överraskad att hon pussade honom på kinden.

Några veckor senare kom Kenneth på besök hos Lena för första gången. I köket dukade hon fram ost, kex och vin som han hade tagit med sig. Hon betraktade honom beundrande, där han satt på andra sidan av bordet och skröt om sina fisketurer runt om i Norden och Europa.

Han berättade med livliga gester att en gång nappade en så stor mal i en tysk flod att den drog båten efter sig som om den vore ett flöte. Till slut blev han tvungen att dyka ner till fisken för att brottas med den. Han tog tag i Lena för att visa henne hur han kämpade med den medan hon skrattade förtjust.

55

Plötsligt låg hon på golvet med honom över sig. Han överöste henne med kyssar och flåsade i hennes öra att hon var den enda glädje i hans ynkliga, urusla liv och hon sög åt sig vartenda ord, för det var länge sedan någon åtrådde henne så djupt. Hon gjorde inget motstånd när han drog upp hennes kjol och lade sig över henne. Direkt efter samlaget drog han upp jylfen och fortsatte att berätta om malen. Hon blev så paff att hon bara kunde skratta och han kände sig irriterad.

I omklädningsrummet drar Lena ner overallen för att tvätta sig före lunchen. Hon får en chock när hon i spegeln ser den flinande Gustav. Han har gömt sig i en toalett. Hon skriker till när han omfamnar henne bakifrån. Hans händer håller krampaktigt om hennes bröst medan han kysser sugande hennes axel.

– Släpp mig, gubbe! skriker hon.

– Ja, om jag får knulla med dig, svarar han.

– Då dör jag hellre!

– Men Kenneth dög ju.

Med förnyad kraft lyckas Lena slita sig ur Gustavs grepp och vänder sig om, förvirrad och upprörd.

– Vad vet du om det?

– Det vet alla i verkstaden att du har knullat med Kenneth. Han går omkring och skryter om det. Han påstår att du har en jättelik fitta som liknar en vulkan.

– Idiot! Jag är en idiot! skriker hon.

– Ta det lugnt, jag menade inget illa, jag trodde bara att du ville det.

Lena slår hysteriskt skrikande med knutna händer mot Gustav, så att han flyr ut ur omklädningsrummet.

Vimmelkantig lutar hon sig mot handfatet. Hon gråter så hejdlöst att hon skälver. Det värker inom henne av vrede och sorg.

Signalen ljuder i verkstaden att lunchrasten är slut. Hon drar beslutsamt upp overallen och sköljer ansiktet i kallt vatten. Hon återvänder till kantpressen och börjar bearbeta plåt som om ingenting har hänt.

Konstnärlig svetsrök

Hostande betraktar Börje en jättelik förstoring av ett foto-
grafi som togs på honom när han höll på att svetsa ihop två
balkar. Det är en av de svartvita bilderna på Kugghjulets
produktion som ställs ut på stadsbiblioteket av elever som utbil-
das i fotografi i Göteborg. Han förundras över att det är möjligt
att skildra verkstaden så vackert.

– Glöden från svetsen ser ut som ett stjärnfall och röken som
dimma, tycker Börje och hostar igen så våldsamt så att det värker
i lungorna och svider i halsen.

Finmekanikern Kalle håller skrattande med och säger:

– Det ser faktiskt så idylliskt ut att många tror att det är fan-
tastiskt att vara arbetare.

Börje och Kalle är belåtna med den förskönade skildringen av
arbetarna i verkstaden. De anser att konstnärliga bilder är bättre
än de socialrealistiska som vänstervågen framhäver på teatern, i
musiken och konsten, för de tycker att det är pinsamt att arbe-
tare framställs som offer i ett kapitalistiskt system som får betala
ett för högt pris med sina kroppar för att försörja sig. Det syn-
sättet fördjupar bara fördomarna om arbetarna. På sådana ut-
ställningar har de fårade, allvarliga ansikten och de skildras som
ädla, hederliga människor som är vardagens verkliga hjältar vars
insatser hindrar samhället att rasa samman som ett korthus.

I verkligheten identifierar sig de flesta arbetare på Kugghju-
let enbart med det de sysslar med på sin fritid. Börje är en be-
geistrad flugfiskare som knyter egna, färgglada flugor och Kalle
är en skicklig gitarrist i en musikgrupp som ibland uppträder på
klubbar och på privata tillställningar.

Verkstaden är däremot inget som Börje och Kalle och de flesta kolleger har valt, den är ett sätt att försörja sig på. Arbetare gör det bästa de kan av situationen som de flesta har råkat hamna i på grund av det sociala arvet. De har inte har haft möjlighet att välja ett yrke med hög status och en lönsam karriär. Somliga pratar till och med överdrivet positivt om att jobba på verkstaden för att slippa betraktas som viljelösa stackare eller som samhällets förlorare. Några arbetare är däremot stolta över sin tekniska kompetens, och de menar det också, oavsett vilka argument de möter.

– Jag tycker att vissa bilder påminner lite för mycket om reklam för verkstaden, säger Kalle medan han stryker sig fundersamt om hakan.

– Eleverna har åtminstone lyckats skildra det goda kamratskapet som får många att stanna kvar i verkstaden år efter år, säger Börje.

De antar att det positiva budskapet hänger samman med att arbetsförmedlingen är den största sponsorn. Myndigheten vill puffa för jobben inom industrin. Små företag med legotillverkning har fortfarande svårt att hitta yrkesarbetare trots att lågkonjunkturen minskar antal jobb på verkstäder. Det beror främst på att många små underleverantörer erbjuder monotona uppgifter, sämre lön och smutsig arbetsmiljö.

– Fotoeleverna har för lite erfarenhet av vår verklighet för att kunna ge en balanserad bild av den, konstaterar Kalle. På en bild ser jag exempelvis jublande glad ut när jag svarvar.

– Det har du alldeles rätt i, men det skulle inte bli bättre om vi själva fotograferade våra jobb, för vi är hemmablinda, vi uppfattar vår arbetsmiljö som normal, säger Börje hostande.

Städare i farten

Benny kommer gående mot Sten som står som vanligt vid dörren till pausrummet och spanar över verkstaden som en örn över sitt revir för att erbjuda växel till kolleger. Det är det första han gör, när han kommer till Kugghjulet tidigare än alla på morgonen. Han trivs med sin tillvaro på företaget, det fungerar som hans andra hem sedan han lämnade livet till sjöss med kroniska besvär med tarmarna, en åkomma som gör att han ständigt fiser.

Sten ser mycket äldre ut än sina sextiotre år. Han är lång och skranglig och ansiktet skrynkligt efter ett hårt och syndigt liv innan han blev religiös. Men han har ett kristallklart intellekt. Han har lärt sig på egen hand prata flytande engelska och esperanto och han kan hur lätt som helst räkna avancerade ekvationer.

Han är förmögen men urbota snål och girig. Det är kollegernas omdöme om honom efter det att han bjöd hem Benny en gång, en montör som han känner sedan länge. Det är han som har spritt uppgiften om att Sten har byrålådor fulla med gamla mynt i lägenheten.

– Det är dåligt väder i dag, men lånar du mig en krona till kaffet så klarar jag mig tills solen skiner igen, säger Benny.

– Du vet väl inte vilka utgifter jag har, svarar Sten.

– De är små för du är så jävligt snål att du till och med nekar en fattig kollega en krona.

Han försvinner in i pausrummet och Sten går till omklädningsrummet för att göra dagens första uppgift som städare. Han spolar rent golvet och toaletterna. Han återvänder till pausrummet för att som vanligt äta en skiva rostat bröd med margarin till kranvatten.

59

– Nu sitter Sten och fiser igen! säger Benny högt så att alla andra ska höra det.

– Jag åt ärtsoppa i går, ursäktar han sig.

Stens stökigt våldsamma bakgrund är allmänt känd i verkstaden genom Bennys försorg. Det är som om han inte kan acceptera att kollegan totalt har ändrat sitt sätt att leva, medan han själv fortsätter att missbruka sprit.

De var sjömän på samma fartyg i några år. På den tiden hade Sten också problem med spriten och hamnade ofta i slagsmål. Numera är han nykterist och frälsningssoldat. Han skryter ofta om att han säljer minst trettio exemplar av Stridsropet varje vecka utanför ett systembolag i gallerian Femman i Nordstan.

Han bor i en liten hyreslägenhet i samma kvarter som verkstaden. Den är spartanskt möblerat men glänsande ren. Han har inga barn, inget förhållande och hans föräldrar och bror är döda. Han är med andra ord en mycket ensam människa.

– Som sjöman fes Sten så jävligt att vi måste kasta ut honom med röven före, säger Benny.

Sten fortsätter tigande att räkna mynt som ligger utspridda på ett bord. Det gör han för en serviceman som varje morgon tömmer kaffe- och varuautomaterna på pengar och fyller på med kaffe, läsk och choklad. Sedan växlar han till sig alla mynten för att hålla växel åt kollegerna. Han kallar verksamheten för filantropisk. Det finns dock ett själviskt motiv bakom hans uppoffring. Han är ute efter gamla mynt som innehåller så mycket silver att de är värdefullare än det officiella värdet.

– Nygård är bara lycklig när han räknar pengar, då rodnar hans kinder, då glittrar hans ögon, säger Benny.

När han har räknat färdigt ger han servicemannen några sedlar för mynten och lägger dem i en tygpåse. Först då är han redo att svara sin antagonist.

– Du vet mycket väl att jag är så bildad att jag tiger om dina dumheter.

– Sitter din bildning i röven? frågar Benny.

60

– Nej, men i dåligt sällskap duger den.

– Jag tror att jag blir vansinnig!

– Man kan inte bli något som man redan är.

– Du som är så jävla kvick ska ha en spark i röven.

– Nej tack, jag vill inte ha något av dem som har det sämre ställt än jag, svarar Sten.

Benny rusar svärande ut och Sten ställer sig på sin vanliga plats vid pausrummets dörr, där han ska spana en stund, innan det är dags att städa i kontoret.

En kollega kommer fram till honom, han vill växla till sig tio enkronor.

– Var du taskig mot Benny igen? frågar han.

– Nej, jag har bara svarat en idiot efter hans förstånd.

Köttbulletestet

Birgit placerar sin flegmatiska mops i Sixtens knä och återvänder till köket för att steka köttbullar. Han tycker om hundar men den här äcklar honom, för den känns som en degklump. Hon slösar så mycket omsorg på hunden att den har blivit sjukligt fet och slö.

Hon har bjudit hem Sixten för att testa om han gillar hennes köttbullar. Det är en viktig indikator för henne. Om en man lovordar dem är han en tilltalande typ. Testet har hon gjort på några manliga kolleger som hon ville syna närmare men hon blev besviken på dem. De tyckte att köttbullarna hade en blaskig smak och en av dem trodde att de var köpta.

Birgit och Sixten jobbar på Kugghjulet men i två skilda världar: Han som plåtslagare i verkstaden, hon som sekreterare i kontoret. De träffades när han besökte lönekontoret för att få förskott och varje gång passade han då på att fråga om han fick bjuda henne på middag efter jobbet.

På äldre dagar vågar han bara försöka ragga kvinnor som andra män avfärdar som fula. Han har anpassat sina krav efter de möjligheter som en fyrtiosexårig arbetare har hos kvinnor. Utseendet spelar inte längre någon roll för honom, eftersom han har märkt att det inte finns någon skillnad mellan fula och vackra kvinnors kärlek.

Han tycker däremot att Birgit är gullig med sina ett hundra sextiotvå knubbiga centimetrar, snaggade hår och för stora mun. Hennes intensivt bruna ögon ser så efterhängset vädjande på honom att han anar uppgivenhet i dem som han har sett hos ensamma kvinnor som han har mött. Det triggar hans instinkt att vilja beskydda henne mot all ondska i världen.

Han knuffar bort hunden och kollar Birgits fiol. Den är dammig och har slitna strängar. Det är en modell som har tillverkats av billigt trä.

Det är just dåliga musikinstrument som dödar en nybörjares intresse, tänker han. Jag kanske ska låna henne en av mina fioler.

– Är det din fiol? frågar han.

– Ja, jag har fått den av min bror, svarar hon från köket.

– Vad brukar du spela?

– Ingenting men jag har anmält mig till en kurs för nybörjare.

– Jag kan lära dig, jag spelar fiol som ett proffs.

– Vi får se hur det blir med saken.

En kryddig doft från köket sprider sig in till finrummet som får Sixten att tänkta på sin lyckliga barndom på landsbygden, så att han drabbas av en häftig längtan efter hennes köttbullar medan han kollar bokhyllor som täcker en hel vägg. Där finns böcker om kvinnans kropp, spädbarn, vegetarisk mat, sexologi, psykologi och meditation. Längst upp på en hylla står några porträtt. Ett föreställer Birgit som en glad student med ett optimistiskt leende. Det står bredvid det största fotografiet, där hon lutar sig mot en ung, stilig man i kostym. Hon var förlovad med honom när han avled i en trafikolycka.

Han drar slutsatsen att hon är romantisk, tycker om traditioner och mysiga stunder och är intresserad av sex.

– Nu är maten klar, meddelade hon sakligt och börjar duka fram köttbullar, kokt potatis, brunsås och lingon i finrummet.

– Allt är givetvis hemlagat, betonar hon stolt.

De sätter sig vid varsin ände vid ett avlångt bord. Hon tänder ett stearinljus och tar av sig sina runda glasögon. Han känner sig fånig inför det noggranna arrangemanget. Det är som om de vore totalt främlingar för varandra men han anar att hon också förväntar sig någon mer av mötet än mat trots att hon till sitt sätt är sval och avvaktande.

– Köttbullarna är ju lika goda som min mors, berömmer Sixten och tar en ny portion.

63

– De är gjorda efter min mammas recept, påpekar hon leende över att han gett rätt omdöme på köttbullarna.

– Jag skulle vilja ha receptet, för jag lagar gärna mat. Det skingrar mina dystra tankar om livets mening.

– Receptet är hemligt, det stannar inom släkten, svarar hon.

– Då vill jag bli släkt med dig.

– Det låter faktiskt som ett frieri.

– Det var bara en tanke.

Birgit börjar att duka av bordet och han säger harklande:

– Ta inte illa upp, Birgit, men jag skulle gärna vilja ha dig som efterrätt.

– Varför det? undrar hon leende.

– Efter en utsökt middag vill väl alla ha en läcker efterrätt.

Hon börjar skratta så häftigt att hon viker sig, får tårar och måste snyta sig.

– Har jag sagt något dumt?

– Nej, inte alls, svarar hon. Jag måste först diska och under tiden kan du väl duscha dig.

64

Trotjänarens protest

En morgon är det fjorton minusgrader utomhus och i verksta-
den fryser arbetarna, framför allt de som måste stå still för
att de jobbar vid maskinerna i de nyrenoverade lokalerna
på Kugghjulet. Det blir svårt för finmekanikern Gunnar att utfö-
ra precisionsjobb. Svarvning av många komponenter kräver en
noggrannhet på en hundradels millimeter. Sådana små mått på-
verkas av kyla och värme. I kylan krymper metallen och i värmen
sväller den. Till slut får han nog och stänger av svarven och alla
andra maskinarbetare följer tveklöst efter, för om den respekte-
rade trotjänaren protesterar då är situationen allvarlig.

I trettiosex år har Gunnar svarvat vid samma maskin på sam-
ma plats i verkstaden. Somliga skulle bli förfärade vid blotta tan-
ken att göra samma sak, men han är mäkta nöjd med sitt yrkesliv.
Det enda som stör honom är att han har förlorat halva vänst-
ra långfingret vid en olycka vid svarven och att åren har gått så
svindlande fort att han motvilligt måste börja planera livet som
pensionär.

Som många andra gamla finmekaniker började han direkt ef-
ter sexårig grundskola som lärling på fyrtiotalet. Hans avsikt var
redan från början att bli en lika skicklig svarvare som sin pappa
som också jobbade i verkstaden. Han har till och med tackat nej
till att bli förman på grund av den ambitionen.

Nu är han redo att göra sitt första utspel på eget initiativ som
är riktat mot företaget för att det nya värmesystemet fungerar
dåligt sedan några dagar tillbaka. Det blir besvärande kallt i verk-
staden och för varmt på kontoret.

Han kliver resolut in till sin förman Bertil på kontoret och för-
klarar rak på sak att han vägrar att arbeta i den rådande kylan i

verkstaden och Bertil blir så överrumplad att han nästan ramlar ur stolen.

Både ledningen och kollegerna respekterar Gunnar för hans yrkesskicklighet. Som verkstadens kunnigaste svarvare kan tillverka mest avancerade komponenterna för maskiner och det ger honom den högsta lönen bland finmekanikerna. Det fick han när timlön med meritvärdering infördes, där arbetarens prestationer bedöms bland annat efter effektivitet, användbarhet och erfarenhet. Tidigare kunde nybörjare tjäna mer än erfarna arbetare när de fuskade med ackordet genom att vara mindre noggranna i produktionen.

Bertil inser att Gunnar menar allvar. Han övertalar verkmästaren att ringa till ledningen som befinner sig på en golfklubb i Spanien för att spåna idéer som ska kunna minska kostnaderna för produktionen. En sekreterare svarar att direktören under inga omständigheter får störas och att de därför måste fatta ett eget beslut och sedan ta konsekvensen av det.

Verkmästaren kräver då att fackklubbens ordförande Roger ska lösa problemet. Han försöker övertala arbetarna att återgå till produktionen genom att påtala att strejken strider mot avtalet. Gunnar svarar att det inte är en strejk, det är kylan som stoppar arbetet.

Då beslutar verkmästaren att hyra kraftiga värmefläktar som används vid byggen. Han ska betala det ur egen ficka, för han utgår från att han riskerar att hamna i onåd för ett beslut som kostar företaget pengar, om ledningen kommer att hävda att det finns billigare och bättre alternativ. I fall han har fattat rätt beslut, kan han hur som helst kräva tillbaka utgiften och på köpet håva in beröm av självaste direktören.

Några förmän hämtar värmefläktarna men det är bara Gunnar och några andra högst värderade finmekaniker som får dem vid sina svarvar och fräsar. Alla andra måste frysa tills entreprenören kan fixa värmen på garanti.

Hemsökt bil till salu

Villy kommer visslande till verkstaden när han ska stämpla in. Han är fräsch och pigg vilket kollegerna tolkar som att han har gjort en lönsam bilaffär igen. Det enda som kan oroa honom är tanken på att han ska bli fattig. Han anser att i ett kapitalistiskt samhälle är pengar den mäktigaste guden och den ska man följa om man vill bli lycklig och framgångsrik.

Vid sin maskin har Villy placerat en plåtburk med en liten diskret skylt med följande text: Om du tror att pengar inte är allt här i livet kan du väl vara hygglig att bevisa det genom att lägga en slant i den här burken. Pengarna går oavkortat till min bankbok. Men några pengar hamnar aldrig där.

Villy är tämligen välbärgad för sina trettiofyra år. Han äger en pampig villa som han hyr ut medan han själv bor och äter gratis hos sina föräldrar. Han har också köpt några gamla svarvar och fräsar och placerat dem i en lagerbyggnad på landsbygden, där några pensionärer jobbar för honom, när han får beställningar på legojobb. Hans föräldrar står för firman, eftersom det är förbjudet för anställda att bedriva en konkurrerande verksamhet.

Han behöver egentligen inte längre arbeta på Kugghjulet av ekonomiska skäl, men han trivs med sina kolleger och sitt jobb som svarvare och anställningen ger även en viss trygghet och öppnar möjligheter för hans privata verksamheter. Han lovar dock att sluta när han har sin första miljon på banken, vilket ingen kollega tror på.

Han tycker om att tjäna pengar för att de berikade hans liv. Hans fritid är densamma som en sportbil, föräldrarnas segelbåt och unga blondiner som har en barns själ men en kvinnas kropp, som han brukade säga. Varje sommar seglar han i Göteborgs och

Bohusläns skärgård med en ny, blond flickvän som han filmar när hon badar naken.

Varje lunch går Villy till fackklubbens kontor. Som suppleant i styrelse har han fri tillgång till telefon, papper och tidningar. Han ögnar snabbt genom annonser för att kolla om det finns någon begagnad bil i hyfsat skick som han kan köpa billigt, serva och reparera och sedan sälja dyrt.

Det vet kollegerna. En av dem har satt ut en annons för att för en gång skull skoja med honom. Den beskriver en några år gammal Volvo Amazon för en löjligt låg summa eftersom den är hemsökt av ondska.

Villy slår telefonnumret till försäljaren som går till en kollega som är sjukskriven.

– Jag köper Amazonen, jag är inte rädd för förbannelser.

– Jag vill bara varna dig, den förra ägaren ströps ihjäl i bilen och den andre begick självmord i den, förklarar kollegan med en föreställd röst.

– Skit samma, jag kan skvätta lite välsignat vatten på bilen. Jag har hört att det jagar bort onda makter.

– Inte nog med det, den kan när som helst börja tuta, bromsa och starta som om den har ett eget liv.

– Jag köper den för det dubbla priset!

– Nej, jag vågar inte sälja den, jag vill inte ha ditt liv på mitt samvete, säger kollegan och lägger på luren.

Villy ringer några gånger för att ytterligare höja budet men ingen svarar. Han ser modstulen ut när han återvänder till verkstaden. Kolleger som är invigda i skämtet undrar hur det står till med honom och han förklarar att han har missat sitt livs affär: en hemsökt bil.

Dyrköpt lärdom

Gunnar berättar för en ung praktikant om kolleger som har kommit och gått i verkstaden under de trettiosex år som han har varit finmekaniker på Kugghjulet, medan de väntar på att förmannen Bertil ska komma med en ny uppgift som han ska svarva tillsammans med den blivande ingenjören.

– De flesta kolleger som slutar glöms snabbt bort, men några lever kvar i våra minnen länge, de blir en del av vår gemensamma historia. En av dem var en godmodig, läspande kille som hette Tommy men som många kallade Amöban för att han ansågs vara efterbliven.

Gunnar berättar att Tommy var lycklig med sin fru och deras lille son. De gjorde ofta utflykter med deras blänkande röda Volvo Amazon och de njöt av att sitta på altanen framför deras villa för att hänföras av trädgårdens dofter och färger, lyssna på fåglarnas kvitter och betrakta fjärilarnas fladdrande i rabatterna på sommaren.

– Jag har aldrig mött en människa som var så mäkta nöjd med tillvaron som Tommy. Jag besökte honom ibland eftersom vi var grannar, han var också intresserad av perenner, säger Gunnar.

Tommys väg till idyllen utanför stadsdelen Hisingen började med en olyckshändelse som blev starten till ett dramatiskt år. När han skulle hjälpa till att bygga en ställning i samband med byte av ett krossat fönster, föll han ned på betonggolvet från en höjd på fem meter. Men han reste sig som inget hade hänt och fortsatte att jobba trots smärtor.

– Han ville alltid visa att han var lika duktig som de gamla arbetarna. Han beundrade dem och skrattade med sluten mun som somliga av dem gjorde. Att de skrattade på det sättet be-

69

rodde på att de hade snus under överläppen tänkte han inte på, utan han tyckte att det såg häftigt ut, berättar Gunnar medan praktikanten häller upp en kopp kaffe för honom. En förman insåg att Tommy hade skadat sig allvarligt när han svimmade. Han fördes med ambulans till sjukhuset. Det visade sig att han hade brutit två revben, hade sprickor i lårbenshalsen och förskjutningar i ryggraden.

När Tommy låg på sjukhuset fördrev han tiden med att tippa. Redan på det första försöket vann han drygt sextio tusen kronor. Det gav honom mod att flörta med en gullig, ung kvinna som jobbade som vårdbiträde. Till slut vågade han fråga: Vill du åka en tur med mig, när jag har köpt en ny bil?

Hon tackade tveklöst ja och några veckor senare fick han flytta till hennes lägenhet och hon blev omedelbart gravid. Det hade de inget emot, eftersom de båda längtade efter att bilda familj. När Tommys vinst sinade återvände hon till sitt jobb på sjukhuset och han till verkstaden på halvtid som stansare, ett monotont jobb som få uthärdade, men han var glad över att han äntligen slapp vara tillgänglig för alla som alltiallo för att i stället få delta i produktionen tills den ordinarie arbetaren hade avslutat en utbildning i industriteknik.

Några månader senare avled hans alkoholiserade pappa som sedan länge hade levt ensam med sina minnen. Arvet bestod av ett slitet fotoalbum på familjen, gulnade tidningsklipp från hans tid som fotbollsspelare i allsvenskan och slitna möbler och några tavlor. Men Tommys mamma misstänkte att en av tavlorna hade ett visst värde, även om den påminde om gatukonstnärers snabbproducerade, billiga konst med dess blommiga motiv. Den värderades mer än han kunde förutse, den såldes för hela hundra femtio tusen kronor på en auktion.

— På väg till faderns begravning krockade Tommy med en traktor som plötsligt körde ut på landsvägen. Han skadades lindrigt men hans mor bröt nacken. Som det enda barnet fick han ärva rubbet, det var en villa och besparingar. Han beslöt att bevara mammans frodiga trädgård i originalskick för att ära hennes minne, berättar Gunnar.

Kolleger började undra hur Tommy hade lyckats höja sin levnadsstandard på så kort tid trots att han hade en låg lön. Några spekulationer utgick från att han höll på med en kriminell verksamhet.

Till slut kände Tommy sig tvungen att förklara sin historia för kolleger. Det ledde till att han tilldelades sämre ackord. Förmannen tyckte att Tommy ändå hade det bra ställt. Han klagade över det hos fackklubben men det förvärrade hans situation.

Han blev också besviken på några kolleger som han hade lånat pengar för att slippa deras envetna tjat. De vägrade att betala tillbaka lånen och de förlöjligade honom när han påminde dem om det, för de ansåg att han hade råd att vara generös.

– Kollegerna var taskiga mot Tommy, säger praktikanten med en upprörd gest. De jagade ju bort stackarn från verkstaden. De borde skämmas.

– Det gjorde de inte, de ansåg att han hade blivit en bråkstake och de var därför glada över att han slutade, säger Gunnar.

Förmannen Bertil dyker upp med en lämplig uppgift för Gunnar och den blivande ingenjören.

– Berättar Gunnar en av sina otroliga skrönor igen? frågar han leende.

– Ja, men historien är sann, eller hur? säger praktikanten.

– Självklart, men det är i första hand en berättelse om oss själva i verkstaden, svarar Gunnar.

Han låter praktikanten kolla en ritning och sedan sätta fast en lång bit mässing på svarven och därefter välja ett passande skärstål medan han står tyst bredvid och iakttar varje rörelse.

– Var det du som avslöjade för kollegerna om Tommys välstånd? frågar praktikanten.

– Nej, jag teg för Tommys skull, jag anade att vissa kolleger skulle göra livet surt för honom, för han var så hopplöst snäll och värnlös att de trodde att han var efterbliven.

Ekorrhjulets gisslan

Arbetarna beter sig som möss som springer runt i ett ekorr-hjul för att söka efter en väg ut till en frihet som inte existerar för dem eftersom de jobbar gratis, påstår Leif plötsligt, när han äter dagens rätt med några kolleger i matsalen.

– Men vi får ju lön, påpekar Sixten som har hört det mesta, men den här gången är han förvånad.

– Vi får visserligen betalt för ungefär en timme i genomsnitt för en arbetsdag på Kugghjulet, men på de övriga sju timmarna jobbar vi gratis. Ju större vinst företaget gör, desto mindre tjänar vi på vårt arbete.

När Leif äter lunch brukar han klaga på dagens rätt som han anser har blivit urusel sedan företaget sade upp sin kökspersonal för att i stället låta ett storkök leverera måltiderna. Men ibland är han på gott humör och kan då komma med synpunkter och teorier om samhället som har handlat om allt från överklassens växande makt till svågerpolitiken inom arbetarrörelsen. Han drar oftast drastiska slutsatser som väcker antingen bestörtning eller hopplöshet, eftersom han aldrig presenterar någon lösning.

Leif besitter mer kunskap än de flesta på företaget trots att han enbart har jobbat med att producera måttbeställda komponenter med en svarv i sexton år. Hans exakta minne har gjort honom till en levande uppslagsbok. Han pratar flytande engelska, tyska och franska och han är väl insatt i grekisk mytologi och svensk poesi från 1800-talet. Han påstår att han har lärt sig det mesta på arbetsplatsen, när han har lunch, paus och väntar på nästa uppgift.

Alla vet att han alltid är i gång med något projekt på verkstaden. Just nu håller han på att lära sig stenografi. Tidigare analyserade han filosofen Sokrates visdom tills han tröttnade på det. Men det är bara hans bästa vän Sixten som har en viss kännedom om hans privatliv och hemlighet. Han är homosexuell och reser regelbundet utomlands för att träffa likasinnade män på klubbar.

Några kolleger anser att Leifs situation är en tragedi. Om han hade växt upp i en intellektuell familj, skulle han ha blivit professor på något universitet. Men han avfärdar deras slutsatser med att ett fungerande samhälle även har drängar som kan tala latin utan att för den skull längta bort från ladugården.

En del av Leifs påståenden får honom att framstå som om han vore kommunist men de som känner honom vet att han tar avstånd från alla politiska system som leder till envälde och förtryck. Han ifrågasätter också demokratin. Han anser att rösträtten är ett spel för gallerierna, så länge politikerna inte får rättmätiga straff när de ljuger eller gynnar sig själva.

Leif vecklar upp ett ark med anteckningar om sin teori framför kollegerna vid matbordet och förklarar:

– Jag ska ge er ett mycket drastiskt exempel på mitt påstående. Just nu håller jag på att tillverka måttbeställda styrpinnar. Jag producerar i genomsnitt fyra per timme. Om jag köper en sådan vara till företagets pris kostar det hela min lön för en dag. Den lön som jag får är alltså löjligt låg jämfört med det värde som jag producerar just nu.

– Men företaget har ju ekonomiska problem. Ibland finns det inte tillräckligt med jobb för alla, påpekar Sixten och får medhåll från de andra vid matbordet.

– Att inte alla arbetare sysselsätts hela tiden spelar ingen större roll för utfallet i stort, utan man måste i stället fråga sig vilka utgifter företaget har utöver arbetarnas ynkliga löner. Det är där man måste spara, men det gör man inte, för det skulle drabba ägarna och ledningen. I stället minskar företagen antalet arbetare för att upprätthålla vinsten eller för att inte gå med förlust. Arbetarna fungerar helt enkelt som buffert, förklarar Leif och tillägger:

– När arbetarna har fått sin lilla lön försvinner dessutom en tredjedel i skatt. Med resten betalar de bostad, livsmedel och kläder med mera som andra arbetare har producerat. Det som återstår efter levnadskostnaderna är smulor.

– Det stämmer inte. Jag har en nästan ny bil, säger Sixten.

– Du har köpt bilen med lån. Det innebär att banken också tjänar pengar på dig i form av ränta.

– Om vi kräver högre löner då?

– Då höjs priserna och därmed äter inflationen upp den högre lönen.

– Det måste finnas någon väg ut ur ekorrhjulet?

– Nej, det kapitalistiska systemet bygger just på att arbetarna genererar vinster genom att producera och konsumera. Några blir allt rikare på den vägen, medan de flesta förblir systemets förlorare. De är ekorrhjulets gisslan.

Tankar efter samlag

Birgit återvänder till sovrummet efter att ha duschat och parfymerat sig som hon alltid gör före och efter ett samlag, medan Sixten sitter håglös och modstulen på sängen och röker. Han undrar för sig själv hur han ska få Birgit att förstå att deras fysiska åtrå för varandra är förnedrande för dem. Hon tänder ett doftande stearinljus på sängbordet, häller upp det sista vinet i glasen och de äter de få oliver som finns kvar.

För några månader sedan blev Sixten förälskad i Birgits försiktiga leende som han uppfattade som gåtfullt, när hon tog emot honom på Kugghjulets lönekontor för att fixa förskott. Hon anses vara ful med sitt snaggade hår, runda glasögon och säckiga kläder som om hon vill dölja sina kvinnliga former, men han tycker att hon är den vackraste uppenbarelse som existerar.

I början trodde han att Birgit hade ett hemlighetsfullt förhållande till livet, men i hennes famn upptäckte han att hon är som alla andra kvinnor som han har älskat: Fången av sina materiella behov och fysiska begär. I stället för att utveckla sin begåvning längtar hon efter att kliva in i ett stressigt vardagsliv med en villa, en bil, en hund, barn, semestrar och amorteringar som kan få vilket äktenskap som helst att rämna i tomhet och tystnad. Hans mammas ord ekar fortfarande i hans öra: Din pappas snopp krossade mina drömmar!

Birgit trycker sina fuktiga läppar mot Sixtens axel och han ryser av motvilja. Det känns så primitivt, för han tycker att det bara är hennes fysiska behov som tvingar henne att kyssa honom.

– Du grubblar för mycket, säger hon.

– Jag har drabbats av den där otäcka känslan igen att vi är biologiskt programmerade att göra det vi gör med varandra. Vi kallar det för kärlek, men det hela går bara ut på att vi ska reproducera oss.

– Det är absolut inget fel att vilja ha barn, säger hon bestämt.

– Nej, men vi tror att vi gör det av fri vilja. Jag sitter här i sängen med dig för att du är en kvinna och du med mig för att jag är man. Skulle vi göra det om vi vore könlösa? Skulle vi då umgås med varandra?

– Vi hade kanske varit goda vänner, eller?

– Det tvivlar jag på, vi har inte ens gemensamma intressen.

– Du ska ju lära mig att spela fiol!

Birgit har redan lyssnat på Sixtens dystra tankar några gånger tidigare i olika versioner efter ett samlag. Men han har inte vågat berätta att han plågas av en mardröm den senaste tiden. Han drömmer att ett jättelikt, utspärrat sköte faller mot hans erigerade penis, medan han ligger som förlamad på marken. De fladdriga blygdläpparna sluter sig om penisen och suger upp all sperma medan den vrålar: Jag har ägglossning! Då vaknar han, svettig och darrande.

Hon har haft några korta förhållanden efter det att hennes fästman förolyckades i en bilolycka för tre år sedan. Nu är hon trettiotvå år gammal och anser att det är hög tid för henne att ha ett stabilt förhållande som hon kan planera en gemensam framtid med. Hon ser Sixten som ett hyfsat kap. Han är fyrtiosex år, fast anställd som plåtslagare och han tycker att hon är vacker trots att hon är kort, knubbig och otymplig.

Han trivs med att vara tillsammans med Birgit, han kan koppla av i hennes närhet för att hon är naturligt rättfram och kräver inte något speciellt av honom som älskare. Han tycker att det är befriande att han duger som han är.

– Det borde ha funnit en medicin mot den fruktansvärda driften! Då hade livet varit mycket enklare för många och då skulle säkert krig och andra tragedier ha undvikits, förklarar Sixten.

– Det är ingen fel i sex. Jag ligger bara med den man som jag gillar, påpekar hon.

– Jag är övertygad om att man måste behärska könsdriften för att kunna uppleva den sanna kärleken som är osjälvisk och givande.

Birgit lyssnar tålmodigt, för hon märker att han uppskattar att hon orkar lyssna på honom. Många lyssnande kvinnor skulle kunna skriva en avhandling om männens ångest efter samlag.

Hon nickar förstående och säger:

– Du menar alltså att vi egentligen inte älskar varandra, utan att det hela bara är en kemisk reaktion i hjärnan som tvingar oss att vara tillsamman.

– Ja, just det! svarar Sixten, förvånad över att hon fattar vad han menade.

– Det spelar väl ingen roll så länge vi tycker att det är skönt och trivs med det?

Sixten försöker övertyga Birgit om att människor beter sig som nickedockor så länge de låter sig förledas av de fysiska njutningar som livet erbjuder för att få dem att föröka sig, så att evolutionen kan fortsätta sin eviga rundgång. De som genomskådar detta kan själva bestämma över sitt öde.

I toaletten tvättar Sixten sin kladdiga penis och torkar av den omsorgsfullt. Han sköljer ansiktet med kallt vatten för att lindra sina dystra tankar.

När han återvänder till sovrummet, har Birgit somnat. Han tömmer sitt glas vin i ett svep, blåser ut stearinljuset och lägger sig så klumpigt invid henne att hon vaknar.

– Jag älskar dig för att du gör mig så lycklig, mumlar hon och somnar igen.

Koncept på villovägar

När Malik stiger in på kontoret strax efter klockan åtta på morgonen, håller en vaktmästare på att ta fotostat på en utredning, en av de många som de producerar som snabbt hamnar i arkivets hyllor i källaren. Utredningarna handlar om allt från olika metallers hårdhet till hur lång tid det tar i genomsnitt för en arbetare att besöka toaletten. De flesta arkiveras direkt, för de hinner bli inaktuella innan de ens blir klara på grund av nya omständigheter.

Malik delar ut och hämtar som vanligt den interna posten för tjänstemän och förmän på sin första runda på företaget, innan han gör ärenden i centrum för dem.

– Henrik efterlyser koncept 110 A. Vet du var det finns? frågar vaktmästaren.

– Nej, hur så? svarar Malik.

– Han har skällt ut mig för att han inte har fått det ännu.

– Typiskt! säger Malik. Henriks älskar sina koncept!

Han tar postväskan och går ut med onda tankar om Henrik, en gammal tjänsteman som har pedantisk kontroll över koncepten. Det är sådana dokument som skrivs för varje beställning som ska utföras i verkstaden. Henriks uppgift är att kontrollera och signera dem, innan de delas ut till förmännen.

Han håller på att torka bort svett ur ansiktet, när Malik dyker upp i hans rum. Han ser förtvivlad ut som han alltid gör när något koncept har kommit bort, för han är så fixerad vid dem att de styr hans humör.

– Har du hittat koncept 110 A som du skulle har gett Sören i går? frågar Henrik.

– Du har inte gett mig det, svarar Malik.

– Negrer är bra på att ljuga! skriker han.

– Jag är ingen neger, jag är afrikan i förskingringen.

– Det kvittar så länge du fixar ditt jobb.

Malik placerar en bunt koncept på skrivbordet framför Henrik som genast ögnar genom dem.

– Men här är ju det! utropar han och skratta belåtet.

Det har hamnat bland dagens koncept eftersom Henrik har missat att skriva under det. I stället har någon lagt tillbaka den i postlådan. Han skäller ut Malik för slarv som tigande lyssnar på beskyllningarna. Han har insett att det är meningslöst att försvara sig mot en tjänsteman som uppfattar sig själv som felfri.

– Lämna nu konceptet så snart som möjligt till Sören. Det är rejält försenat.

Malik stiger in i förmannen Sörens rum, där han håller på att förbereda dagens uppgifter för sina svetsare. Han är sjukligt trött på Maliks egenheter och han visar öppet hur illa han tycker om honom.

– Hej, svartskalle! säger han.

– Hej, Älgen! svarar Malik, medveten om att förmannen avskyr smeknamnet som arbetare gett honom, för det påminner om att han fick sin tjänst för att han lånade ut sin jaktmark till den förre verkmästaren.

Sören var i några år Maliks förman när han jobbade som svetsare. När hans astma förvärrades blev han omplacerad till budtjänsten som ingen annan ville ha. Han trivs med uppgiften även om den betalas sämre än svetsning, för nu kan han jobba i privata kläder och slipper att ständigt förlöjligas av rasistiska skämt på verkstaden som är smärtsammare än fördomarna på kontoret.

I början kom Sören bra överens med Malik, för han betedde sig som han anser att en afrikan ska vara: tacksam, anspråkslös och ödmjuk. Så småningom utvecklade han en snobbig jargong som retade förmannen. Det är hans sätt att värja sig mot den roll som vissa förväntar sig att han ska spela.

– Det är synd om din fru som har en bock som knullar allt som

79

rör på sig, säger Sören och syftar till att Malik regelbundet masserar en kvinnlig tjänstemans värkande axlar på sin postrunda.

I verkligheten är Malik numera trogen sin hustru som han lärde känna, när han jobbade som guide för turister i sitt hemland för att finansiera sina studier på universitetet. Han är innerligt trött på att kvinnor har för stora förväntningar på honom, för han har svårt att uppfylla dem. De tror att han har en stor penis och kan älska hur länge som helst bara för att han är från Afrika.

– Om jag fick bestämma skulle du omedelbart skickas tillbaka till din hydda i bushen. Negrer hör inte hemma i ett civiliserat samhälle, muttrar Sören.

– Det här landet behöver nytt, friskt blod, det förstår ju vem som helst om träffar en sådan primitiv typ som du, svarar Malik med ett spydigt leende.

Sören blundar av stark motvilja med dunkla tankar som kan utvecklas till en farlig kraft för människor som Malik, om de får härja fritt i samhället. Det vet han om, för han har upplevt det i hemlandet, där han tillhörde en minoritet som råkade illa ut vid ett maktskifte.

– Här har du ditt jävla koncept 110 A, säger Malik och slår igen dörren efter sig.

Mobbning i högsätet

Knut stiger nervöst in på verkstaden efter två veckors sjukskrivning för ett nervsammanbrott som beror på ett bråk med några kolleger. Det började med att de härmade hånfullt hans högtidliga sätt att prata och han i sin tur påstod att de var genuina töntar och därmed blev det upplagt för en konflikt som snabbt förvärrades.

När han går fram till sin fräs upptäcker han att något har tejpat fast ett ark på maskinen med texten: Välkommen tillbaka, Rödskägget, efter dina studier i dåliga nerver! Och på arket finns en tecknad karikatyr på honom med en röd tupé i handen.

Han blir rasande och rusar omedelbart in på kontoret till förmannen Bertil. Han gormar över elaka kolleger medan Bertil lyssnar lugnt på honom. Den här scenen har han upplevt tidigare.

– Du måste stoppa trakasserierna mot mig, kräver Knut.

– Du är ett tacksamt objekt att mobba eftersom du avviker från mönstret. Du måste anpassa dig till dina kolleger, förklarar Bertil lugnt.

– Jag kan bara vara den jag är! skriker han.

Knut är som en tropisk papegoja bland gråa, tama duvor. Smeknamnet Rödskägget syftar till hans välvårdade, röda skägg och hår med en flint som döljs med en tupé. Han är alltid klädd som en snobb och han bär till och med en slips innanför arbetsoverallen. Han pratar gärna med en hög, tydlig stämma som om han håller tal.

Det är som om Knut vill att det ska märkas på lång håll att han anser att han inte hör hemma i en verkstad. De flesta arbetare på Kugghjulet har ärvt sin sociala status. Han blev däremot fräsare på grund av slöseri. Han kommer ursprungligen från en förmö-

81

gen familj. Pappan var en framgångsrik grossist i Göteborg. När han avled fick Knut ett stort arv som han förbrukade på nöjen, dåliga investeringar och två skilsmässor.

Mot kolleger är Knut vresig och högfärdig men de högsta cheferna bemöter han taktfullt och artigt. Han byter alltid om till civila kläder för att kunna äta lunch tillsammans med några tjänstemän som han lärde känna under sina goda år. I telefonkatalogen titulerar han sig som företagskonsult. Han pratar ständigt om att starta ett eget företag men den planen hindras av hans skulder. Han bor numera i en förort och han lånar regelbundet pengar av sin sjukliga moster, som han aldrig betalar tillbaka.

– Jag säger upp mig, för jag kan inte jobba med primitiva individer! skriker Knut.

– Du vet mycket väl att fackklubben knappast godkänner en uppsägning som görs i affekt, förklarar Bertil.

– Det struntar jag i, nu åker jag hem och vägrar komma tillbaka hit.

Knut lämnar verkstaden i vredesmod och det är bara en kollega som vågar satsa pengar på att han inte ska återvända. Om han får rätt bli det en rejäl summa i vinst för honom.

När Knut kommer hem har han redan ångrat sig, han ringer till Bertil och säger:

– Jag ber om ursäkt för att jag förlorade fattningen.

– Det är okej. Kom tillbaka i morgon, jag har pratat med dina kolleger om saken. Jag antecknar dig som tjänstledigt i dag.

Vevaxelns runda

Daniel kommer lunkande med sin exklusiva käpp mot gång-en mellan svarvar och fräsar i verkstaden. Hans vaggande gång ser ut som om han försöker hålla balansen på en båt i stormiga vågor. Det hänger samman med att hans höft är missbil-dad. Därför kallas han Vevaxeln. Han hatar att höra det, för han vet att det syftade till hans märkliga gång. Men mest iögonfallan-de är hans ansikte vars högra del hänger slappt ner som om den har smält som vax.

Många är övertygade om att Daniels handikapp är resultatet av ett förhållande mellan Kugghjulets grundare och hans syster. Vem som har spridit det illvilliga ryktet är glömt för länge sedan, men det har blivit en av de etablerade myterna om företagets historia.

Varje arbetsdag gör Daniel ett varv runt i verkstaden med en ilsken uppsyn på jakt efter en vikarie, praktikant eller nyanställd att skälla ut och hota med sin käpp som han ärvt av sin far, innan han återvänder till en stansmaskin för att åter producera tusen-tals exakt samma metallbitar. Detta mönster har han följt i ett trettiotal år.

När Daniel kommer fram till maskinarbetarna nonchalerar de honom som vanligt. Han ler elakt när han får syn på Kalle, en ung vikarie som sitter och läser sport vid en svarv.

– Ge fan i att läsa tidning! gormar Daniel medan han viftar med käppen.

Kalle vänder sig förvånad mot Daniel. Han har fått höra att den sextiosjuårige mannen är en knepig typ som han till varje pris ska undvika, men han har avfärdat det som en överdrift.

– Jag väntar på förmannen, säger Kalle.

– Du är här för att jobba! skriker Daniel.

Det är visserligen riktigt att det inte är tillåtet att läsa på arbetstid, men förmännen har överseende med det så länge arbetarna väntar på att de ska komma med jobb.

– Gör som Vevaxeln säger, han är en knäppgök, uppmanar en kollega så tydligt att Daniel hör det.

Kalle lägger undan tidningen och börjar putsa svarven och Daniel fortsätter att lunka vresigt spottande fram i gången mellan maskinerna.

Daniel beter sig som om han fortfarande är delägare i Kugghjulet. Han ärvde aktier när hans pappa avled. När hans tre bröder konkurrerade med utomstående spekulanter om att få köpa hans andel fick han till slut ett bud som han inte kunde säga nej till. Bröderna toppade det med familjens pampiga patriciervilla i den förnäma stadsdelen Örgryte och ett kontrakt på att han fick jobba kvar på företaget så länge han vill.

Den här morgonen avviker han från sin rutin och återvänder till gången mellan maskinerna, för den unge vikariens leende får honom att misstänka att han struntar i hans högljudda tillsägelse. Han förlorar totalt fattningen, när han ser Kalle bläddra i tidningen vid svarven. Innan kollegerna hinner varna honom har Daniel petat käppen hårt i hans rygg så att han skriker till av smärta.

– Nu har du lärt dig att det är förbjudet att läsa tidning på arbetstid! gormar han viftande med käppen.

Kalle reser sig lugnt upp, rycker käppen från Daniel och bryter den i fyra delar och ger tillbaka dem en efter en till den chockade mannen.

– Nu är vi kvitt, anser jag, säger han.

Det är första gången som arbetarna ser Daniel gråta.

Kamp om minuter

Femton minuter före arbetstidens slut har de flesta arbetare stängt av maskinerna, låst in verktygen i plåtskåpen och städat klart, så att de är redo att direkt ta språnget till verkstadens två stämpelklockor vid utgången. Några tar diskret några steg i förväg när en förman tittar åt ett annat håll. Det gäller att komma bland de första, för det dröjer minst fem minuter innan köerna med alla yrkesgrupper har stämplat ut.

Plötsligt lämnar arbetarna skyndsamt sina positioner och ställer sig i kö framför stämpelklockorna några minuter före sluttiden. Den här gången har truckföraren Gustav lyckats placera sig först. Han skrockar belåtet med hela sin feta kropp som till formen påminner om ett övermoget päron.

Några meter bakom Gustav pratar postbudet Malik högt om hur mycket han tycker om sin blonda hustru, brännvin och sill. Han vill att alla ska höra att han behärskar göteborgarnas accent lika naturligt som de. Han har studerat litteratur på universitetet i sitt hemland och talar flytande tre språk men det är få som trots det tar honom på allvar. Det är hans jovialiskt självsäkra karaktär som retar många kolleger.

Det kommer ett skälmskt uttryck över Gustavs runda, blanka ansikte när han vänder sig mot Malik och frågar:

– Är du en svart apa eller bara en skiten svensk?

– Jag är bara en anspråkslös jobbare som vill komma hem så snabbt som möjligt, svarar Malik uppriktigt.

Gustav mobbar Malik regelbundet sedan en tid tillbaka. Han vill ha revansch efter en dispyt som handlade om hans tänder. Malik ifrågasatte om de verkligen är äkta, eftersom de är skinande blanka och jämna trots att han är femtioåtta år gammal. Det gick så långt att han erbjöd Malik att känna på dem. Han gjorde det så hårdhänt att en stifttand längst fram lossnade och han sade retfullt: Du skulle inte ens duga att säljas som slav med sådana dåliga tänder. Några kolleger skrattade och Gustav kändes sig förödmjukad.

Gustav riktar in sig på Maliks afrikanska utseende som om han inser att hans intellektuella kapacitet inte räcker för att trakassera Malik på ett smart sätt.

– Vet ni varför en svart apa har en platt näsa? frågar Gustav högt så att alla i köerna ska höra det.

– Nej, det vet jag inte, svarar reparatör Evald som kallas Dansken för att han skryter om att han aldrig har varit i Helsingör, som många kolleger besöker för att livsmedel och sprit är billigare i Danmark än i Sverige.

– Det är för att en svart apa inte kan se skillnaden mellan en stängd och en öppen dörr.

– Negrer är för fan inte blinda, påminner Evald.

– Nej, men det tar ett tag innan de fattar att inte alla sovrum är öppna för dem i det här landet.

Evald skrattar medan Gustav väntar med ett hånfullt leende på Maliks replik.

– Vet ni varför en vit apa har en svullen mage? frågar han med en blick på antagonistens hängande buk.

– Det är väl för att han dricker för mycket öl, gissar finmekanikern Dennis som kallas Hambo för att han ibland utför en dansant piruett i verkstaden.

– Nej, det beror på att han att han har svårt att tömma tarmen på grund hemorrojder.

– Det var läskigt, säger Dennis skrattande medan kollegerna fortsätter att stirra tyst och otåligt på stämpelklockorna.

Gustav är nu så uppjagad att han till och med lämnar sin åtråvärda plats längst fram i kön och stiger fram till Malik.

– Vet ni varför en svart apa inte kan ske skillnaden mellan en banan och en kuk? frågar han skrikande.

Evald och Dennis och några andra arbetare buar högljutt och skriker unisont:

– Ge fan i vår neger!

Malik ler belåtet åt att Gustav förlorade självbehärskningen så att han gick över en outtalad gräns.

Slutsignalen ljuder och snart är det bara några gamla trotjänare som bryter tystnaden i verkstaden. De förbereder hellre nästa dags jobb än att stå i kön till stämpelklockorna. Några minuter hit och dit spelar ingen roll för dem längre.

Fackklubbens knekt

O rdföranden Roger avslutar ett samtal med direktören i telefonen, när kassören Ingvar stiger in i kontoret. Han anar att han åter ska delta i något obehagligt ärende, för han fungerar som ett slags knekt för fackklubben.

– Vi måste se till att den där Sixten avgår som skyddsombud, förklarar Roger. Den här gången har han gått för långt. Han påstår att de stora toalettrullarna är en fara för dem som sitter och skiter. De kan klämma knät på dem när de reser sig upp.

– Det blir inga problem att få bort den senfärdiga byfånen, jag vet hur han ska tas, säger Ingvar.

– Bra, han kommer hit om några minuter.

Ingvar har blivit luttrar efter många intriger och bråk som han har upplevt i fackklubben under sexton år. Styrelsens medlemmar har kommit och gått men han är en av de få som lyckats hålla sig kvar. Det beror dels på att han klarar av att konfrontera arga och kritiska medlemmar, dels på att han har varken hotat den förre eller den nuvarande ordförandes ställning, för han besitter talangen att leverera anpassade åsikter för alla som har makt att krossa honom.

Det knackar på dörren och Ingvar går ut i hallen och öppnar. Det är Olle, en jättelik, luden arbetare som vanligtvis är beskedlig, men nu är han ordentligt upprörd.

– Jag vill prata med Roger! skriker han.

– Det går inte! säger Ingvar. Han är fullt upptagen med en massa brådskande ärenden, så du får ta det med mig här.

– Förmannen kräver att jag måste bli klar med ett jobb i dag, men det kan jag inte, för jag får ont i magen av stress.

– Jag trodde att du hade fattat att det är viktigare att rädda jobben än att ta hänsyn till dina banala besvär, säger Ingvar.

– Det måste finnas någon jävla paragraf som tar hänsyn till dem som har krämpor? frågar Olle.

– Nej, alla måste dra sitt strå i stacken, så om du inte kan accepterar ledningens krav på ökad effektivitet på varje jobb omplaceras du till städare.

Det är typisk för Ingvar att ge taktlösa svar till kolleger som strular, gnäller och är besvärliga. Det beror på att han känner sig allt mer stressad av att han sällan har tid att engagera sig i deras problem. Det har försatt honom i besvärliga situationer, men han har också förmågan att snabbt vända det till sin fördel genom att improvisera som för övrigt är hans favoritord i alla sammanhang.

– Olle, gå nu tillbaka till din svarv och gör ditt bästa! uppmanar Ingvar.

– Aldrig mer ska jag be fackklubben om hjälp! skriker han.

Han rusar ut och håller på att springa på skyddsombudet Sixten som blir betänksam, för han vet att det kan vara vanskligt att besöka fackklubben när det har varit bråk där. Han samlar mod och stiger in i kontoret, där Roger och Ingvar väntar på honom.

– Vi ska gå rak på sak, säger Ingvar. Styrelsen vill att du ska avgå som skyddsombud.

Sixten blir så förvånad att han sjunker ihop i en stol, för han var övertygad om att fackklubben var nöjd med hans nitiska jakt efter allt som kan skada arbetarna i verkstaden, men han har varit så ambitiös att direktören har klagat hos ordföranden Roger.

– Vad har jag gjort för fel?

– Du passar inte som skyddsombud. Du orsakar mer problem än nytta, säger Ingvar.

– Du får inte ta det personligt, vi måste ha en fackklubb som fungerar smidigt i dessa dåliga tider, påpekar Roger.

Sixten tar tigande av sig brickan, lägger den på skrivbordet och lämnar rummet.

– Det gick lättare än jag trodde, säger Ingvar.

Han återvänder till sitt arbetsbord i verkstaden. Han börjar montera isär en generator som han ska renovera medan Olle närmar sig smygande med en träklubba bakom honom. Kolleger tiger som om de hoppas att han ska drämma till Ingvar. Olle slår klubban med våldsam kraft på arbetsbordet så att Ingvar hoppar förskräckt till.

– Nu ska jag se till att du får en skriftlig varning! skriker Ingvar och viftar ilsket med en skiftnyckel.

Han rusar in till fackklubbens kontor. Han vet att inte har befogenheter att verkställa sitt hot, men när han är arg på någon strulig kollega kan han påstå precis vad som helst i ren självöverskattning. Roger lugnar ner honom, så att han snart kan återvända till sitt arbetsbord, där Olle väntar ångestfullt på att be om ursäkt.

– Det var dumt gjort av mig, men jag var så jävla förbannad, säger han urskuldande.

– Jag har redan glömt det, svarar Ingvar och ger honom en kamratlig klapp på axeln.

Svaret lugnar Olle, för han känner Ingvar sedan många år tillbaka och vet att han inte är långsint och hämndlysten oavsett vad som än inträffar.

Fyrtal till spillo

Förmannen Sören lägger med behärskad ilska en hand på svetsaren Börjes axel och frågar:

– Har du något jobb på gång?

– Nej, men jag har triss i knekt! svarar han triumferande och placerar korten på bordet.

– Jag har kåk! utropar en kollega.

– Fan, nu vann du igen!

– Gnäll inte, vinsten går oavkortat till blöjor, för barnbidraget spelade jag bort förra veckan.

Börje vänder sig mot förmannen och säger:

– Jag kommer till dig, när jag har spelat färdigt.

– Bra, gör det, jag väntar på dig.

Arbetarna fortsätter att spela poker, när Sören lämnar pausrummet. Han är upprörd, men verkmästaren har uppmanat honom att tygla sitt häftiga humör, för fackklubben har nyligen diskuterat med ledningen om förmannens allt bryskare umgänge med svetsarna. De har klagat på att han snäser åt dem som svar, att han kollar dem ofta och att han har flera gånger skrikit: Verkstaden är för fan inget vilohem!

Det är företagets ekonomiska kris som gör Sören och många andra nervösa, lättirriterade och stressade och i dess kölvatten ökar antal sjukskrivningar och allt fler ser sig om efter andra, tryggare arbetsgivare. Några attraktiva ingenjörer och ett tiotal erfarna finmekaniker, plåtslagare och montörer har redan anställts hos konkurrenter.

Börje är utled på att låtsas vara sysselsatt bara för att förmannen är orolig över att verkmästaren ska upptäcka att en av hans svetsare spelar kort på arbetstid. Det finns just nu inga jobb för

91

några arbetare i verkstaden. I stället beordras de att städa, sortera skrot bakom byggnaden eller underhålla maskiner och verktyg, ifall de inte väljer att vara tjänstlediga eller sjukskriva sig. Två sysslolösa svetsare ställde frivilligt upp för att sortera skrot för några dagar sedan. När Sören gick ut för att kolla dem upptäckte han att de hade med stegar klättrar över staketet som omger byggnaden och satt sig i ett kafé i närheten. Han anmälde det till verkmästaren som lät ärendet hamna papperskorgen. Han hade ingen lust att konfrontera ledningen med något som i slutändan skulle kunna utmynna i kritik mot honom.

Efter en timmes väntan förlorar Sören både tålamodet och humöret och rusar gormande in i pausrummet. Han är så rasande för att Börje inte har återvänt sin arbetsplats att han sparkar undan stolen så att han faller handlöst ner på golvet.

– Aaaah! skriker han. Jag har brutit ryggen!

– Bröt du inte nacken också? frågar Sören.

Han utgår från att Börje överdriver smärtorna för att slippa jobba. Det tror också kollegorna, men de ändrar uppfattning, när de ser vilka kort han har haft i handen. Han skulle aldrig låtsas ha så ont att han låter fyrtal i kungar gå till spillo, när det finns över hundra kronor i potten.

– Det gör ont, klagar han ömkligt, när kollegerna hjälper honom upp i stolen. Det känns som om någon har stuckit en kniv i ryggen.

– Det är bäst att du tar ledigt för resten av dagen för att uppsöka akuten, jag beviljar dig betald ledighet, säger Sören som nu är ängslig för konsekvenserna.

– Då måste du hjälpa mig till omklädningsrummet, säger Börje och stöttar sig på förmannen för att resa sig upp.

Så fort Sören och Börje har lämnat pausrummet blandar kollegerna kortleken och fortsätter att spela poker tills det blir dags att stämpla ut.

Förman i trångmål

Förmannen Bertil gör som vanligt sin första runda i verksta-
den klockan halvåtta på morgonen. Han går fyra gånger om
dagen runt bland finmekanikerna för att kolla om de behö-
ver assistans, ge dem uppdrag eller lyssna på deras bekymmer.
Dessa turer gör han alltid på exakt tid.

Han påminner om sin idol, den franske kejsaren Napoleon,
med sin satta kropp och med den ena handen innanför sin gula
arbetsoverall. Kanske känner han sig som härföraren, även om
hans armé bara består av ett trettiotal svarvare och fräsare på
Kugghjulet.

Som förman är han länken mellan kontoret och verkstaden.
Hans uppdrag är att få den att fungera smidigt. Beställningar går
vanligtvis genom fyra tjänstemäns händer, innan de landar i pro-
duktionen. Fackklubben brukar betona detta faktum, när det är
dags att förhandla om löner för arbetarna.

Men nu har Bertil fått sitt livs svåraste uppdrag. Enligt en
hemligstämplad order från ledningen ska han och några andra
förmän välja de anställda i verkstaden som bäst uppfyller kravet
på produktivitet och kompetens i en effektivare produktion. Det
kommer att främst drabba sjukliga och gamla arbetare men ock-
så några hopplösa chefer, om personalen reduceras enligt led-
ningens förslag.

Han går fram till finmekanikern Kalle med en ritning och fråg-
ar som vanligt försynt:

– Klarar du detta jobb på tre dagar?

– Självklart, svarar Kalle innan han ens har synat ritningen på
specialmuttrar, för som vikarie måste han alltid vara alert.

– Det är ett enkelt jobb men det måste bli klart i tid.

93

– Jag fixar det, lovar han.

När Bertil har gjort sin första runda bland maskinarbetarna, återvänder han till sitt rum på kontoret. Han ögnar genom några nyligen inkomna uppdrag. Han är noga med att fördela dem rättvist på så sätt att de som har den högsta kompetensen får de mest avancerade uppgifterna och de som arbetar snabbt får jobb som ska vara klara på kort tid.

Bertil är i stort sett nöjd med sin karriär, han har avancerat så långt som en arbetare numera kan på Kugghjulet. Han har en egen bitter erfarenhet av den begränsningen. När han studerade klart till gymnasieingenjör på sin fritid sökte han en tjänst som ansvarig för produkternas kvalitet. En utomstående ingenjör fick jobbet.

Han är en av de förmän som har nått sin position enbart genom sina tekniska kunskaper och inte genom kontakter, kryperi eller slump. Han har vunnit arbetarnas tillit trots att han bara är tjugoåtta år gammal, vilket är en låg ålder för en sådan position på verkstaden. De har till och med förärat honom smeknamnet Bullen för att han är förtjust i sin frus hembakade vaniljbullar.

Före lunch besöker Bertil fackklubbens kontor för att med ordföranden Roger diskutera ledningens planer på nedskärningar. De umgås även på fritiden, de är i samma ålder och de började samtidigt på företaget som lärlingar direkt efter grundskolan och de delar oron över det krisiga läget.

– Jag vet inte om jag klarar av att vara den som håller i bilan genom att göra urvalet för att rädda mig kvar som ledningen vill, erkänner Bertil med en bekymrad min.

– Jag hoppas att det inte behövs. Vi förhandlar nämligen med ledningen om att övertala ägarna att satsa på avgångsvederlag, förklarar Roger.

Han har berättat för Bertil att han slutar omedelbart, om han får den sökta tjänsten som ombudsman på fackförbundet, för han känner allt mer obehag av att förhandla med ledningen, eftersom den vill att han ska rucka på den fackliga principen som han håller som helig: Att företräda arbetarnas rättigheter gentemot arbetsgivaren.

Roger vill inte gå i sin maktfullkomliga företrädares fotspår, för han anser att den mannens beteende bidrog till en korrupt atmosfär på företaget. Han förhandlade enligt mottot: Det som är bra för företaget är också bra för arbetarna. I själva verket betydde det att han gynnade sig själv och sina förtrogna i fackklubbens styrelse med högre löner och förmåner genom att alltid vara välvilligt inställd till ledningens krav.

– Jag förstår att ledningen vill säga upp anställda som inte uppfyller kravet för en effektivare produktion, men det måste följa den svenska modellen, för jag vill inte befläcka min fackliga karriär för företagets skull, förklarar Roger.

En timme före lunch är det dags för Bertil att göra den andra rundan bland sina underställda. Han går direkt till Kalle för att kolla om han klarar uppgiften. Allt fler uppdrag beräknas numera med så snäva marginaler att det knappast är lönt att utföra dem.

– Jag behöver övertid för att hinna göra jobbet klart i tid, konstaterar Kalle.

– Det beviljas ingen övertid i lön för det jobbet, men jag kan ordna flextid för de timmar som du måste jobba över, förklarar Bertil.

Kalle känner sig tvungen att acceptera Bertils förslag till kompensation. Den innebär att han börjar senare eller slutar tidigare de dagar som han har för lite att göra. Flextiden infördes nyligen av några förmän på deras eget bevåg. Ledningen ser mellan fingrarna så länge företaget tjänar på det och fackklubben låter det fortgå för att det är en enskild överenskommelse mellan en arbetare och en förman.

Bertil återvänder till kontoret, brygger kaffe och tar fram hembakade vaniljbullar som han har lovat fixa för Kalle på sin tredje runda.

In och ut i arbetslivet

D et är en stor ära för mig att få tilldela dig, Erik Svensson, priset Årets arbetare, säger direktören medan matsalen fylls av applåder.

Erik bugar och tar emot en bukett rosor, en vas, en ask choklad och en flaska vin och ett kontrakt på en vecka gratis vistelse på en av företagets stugor på semestern. Tidigare bestod utmärkelsen av en check tills bolagsstyrelsen ifrågasatte kostnaden. Direktören löste problemet genom att skänka presenter som kunder har skickat till företaget. De har ungefär samma värde som det tidigare priset.

Den pressansvarige tjänstemannens kamera blixtrar, när direktören leende ger Erik ett diplom och kollegerna applåderar ännu en gång.

– Jag är inte mer värd än mina duktiga kolleger men jag har inget emot att få priset, säger han ödmjukt.

Erik har ingen aning om varför kollegerna nominerade honom till priset trots att han bara har jobbat som fräsare i några år på företaget. Han är visserligen en hygglig personlighet, alltid hjälpsam och tillmötesgående, men det är många andra arbetare också som har jobbat längre än han på verkstaden.

Priset instiftades av Kugghjulets grundare i början på sextiotalet för att få fler att stanna kvar på företaget. Det rådde högkonjunktur och verkstäder konkurrerade om kunniga arbetare genom att erbjuda förmåner. Det var allt från subventionerad lunch, plats för deras barn på dagis till gratis arbetskläder, betald vidareutbildning och högre löner än kollektivavtalet. Företaget satsade även på att bygga åtta stugor vid havet, fyra för tjänstemännen och fyra för arbetarna, eftersom de inte ens umgås med varandra på fritiden. Stugorna hyrs ut billigt till anställda en vecka i taget och på övriga tider för turister.

Nu är det dags för Erik Svensson att hålla tal, han vecklar upp en skrynklig papperslapp med anteckningar och säger:

– Jag är tacksam över att jag fick anställning här, för jag har tyvärr åkt ut och in i arbetslivet sedan jag fick mitt första jobb som lärling på Lindholmens snickarverkstad 1957. Två år senare drabbades varvet av en ekonomisk svacka och jag och flera andra åkte ut. Jag stämplade i några månader, innan jag anställdes på en skrotfirma men jag vantrivdes med det, för där måste jag ofta jobba ensam.

Erik berättar att han efter militärtjänstgöringen gick till sjöss 1961. Det blev två härliga år som kockbiträde på lastfartyg som gick till USA, Japan, Nya Zeeland och Australien. För familjens skull gick han iland för att jobba på Volvo på Hisingen. När han efter några månader vid det löpande bandet också i sina dröm-mar började att montera bilar sade han upp sig. I stället jobbade han på en tapetfabrik tills det gick i konkurs.

År 1964 inledde han som slipare på Svenska kullagerfabriken. Efter några månader fick han besvär av kylvätskan. Han fick ut-slag i huden och förlorade tidvis rösten. När han nekades ompla-cering återvände han till Lindholmens varv och arbetade där som filare fram till 1968. Det året hamnade varvet åter i en ekono-misk kris och han omplacerades till ett skiftarbete efter en intern utbildning till svetsare. Han mådde dåligt av arbetstiden, så han sade upp sig.

I stället fick han jobb som svarvare på en mekanisk verkstad 1969. Det uppstod en konflikt mellan fackklubbens femton med-lemmar och företagets ledning för att den ville införa olika lö-neklasser för arbetarna. Tvisten varade i åtta månader. Det blev centrala förhandlingar och företaget fick sin vilja igenom. Sju ar-betare slutade i protest. En av dem var Erik.

År 1971 svarvade han på en större mekanisk verkstad. Även där uppstod en tvist om löner. Företaget hade hemliga löner för några arbetare som de värderade högst. Missnöjet utmynnade i en vild strejk, en av de hundratals som präglade arbetsmarknaden under hela sjuttiotalet.

Då återvände han till Lindholmens varv vars ekonomi hade förbättrats. Där arbetade han som svarvare tills Eriksbergs varv köpte Lindholmen 1975 och avveckla det samma år. Han omplacerades till Eriksbergs mekaniska verkstad. Efter elva månader gick varvet i konkurs.

– Jag stämplade några månader tills jag fick jobb som fräsare här och nu hotas tyvärr min anställning av företagets ekonomiska problem. Det var allt jag ville säga om mitt yrkesliv.

Under en kort stund råder det en total tystnad som om ingen vet hur de ska reagera över det oväntat långa och detaljerade talet tills direktören börjar applådera och sedan alla andra för en bugande Erik.

Hostningar i bastu

Städaren Sten stiger in i bastun, där några arbetare redan sitter och svettar bort smuts efter en arbetsdag i verkstaden.

– Ser jag ut som en lergök? frågar han.

– Nej, du liknar en illa stoppad hösäck, svarar André och börjar hosta våldsamt.

Arbetarna skrattar och Sten sätter sig leende högst upp där det är varmast. Han gillar att få uppmärksamhet oavsett om det beror på hans slappa, skrangliga kropp eller skärpta hjärna.

– Det är kallt här inne, tycker Sten.

Då kastar André en skopa vatten på bastuaggregatets stenar så att temperaturen stiger så hastigt att två arbetare rusar ut medan han åter hostar våldsamt som om han vill spy upp sina lungor.

– Lungorna har tyvärr blivit mycket sämre, förklarar han för kollegernas undrande blickar.

André har fått förhårdnader i lungorna av asbest. Det upptäcktes, när kolleger till slut lyckades övertala honom att låta röntga dem hos en specialist. Den senaste tiden har han besökt företagsvården några gånger, eftersom han hostar upp blod, men läkaren kan inte göra något åt det. Han får nöja sig med medicin som dämpar hans oro och hostningar.

Det var i början på sextiotalet som hans lungor förstördes. Han jobbade med isoleringar och hanterade då material som innehöll asbest. Han hade inget andningsskydd, för på den tiden visste varken fackföreningen eller arbetsgivarna att fibrerna var farliga för hälsan.

– Det är bäst att du accepterar att du är svårt sjuk och går i pension, för så här kan du inte fortsätta, tycker Sten.

– Jag vill inte bli förtidspensionär, men verkmästaren anser att jag är för sjuk för att jobba, säger André och kastar ytterligare en skopa vatten i bastuaggregatet.

– Som pensionär har du ditt på det torra. Var glad att du slipper gå här och slita tills du fyller sextiofem år. Då får du åtminstone mer tid att plocka bär och svamp.

Men André bävar inför den dagen han måste lämna verkstaden för alltid. Det skrämmer honom mer än att han är obotligt sjuk. Det vet kollegerna och de tror att förtidspensionen blir detsamma som en dödsdom för honom. Verkstaden och kollegerna har blivit de viktigaste hållpunkterna i hans liv sedan hustrun avled och det enda barnet flyttade till Stockholm.

För ett år sedan fick André hjärtinfarkt på verkstaden och fördes med ambulans till sjukhuset. I några dygn svävade han mellan liv och död. Han fick besök av kollegan Sten som till dagens ära var klädd i frälsningsarméns uniform och han hade med sig en bibel som present.

– Jag trodde faktiskt att det var dags för dig att boka plats hos gud, för du såg ut som om du hade skakat hand med döden, säger Sten uppriktigt.

– Jag knackade faktiskt på dörren till paradiset men jag fick beskedet att jag måste vänta ett tag till, förklarar André och skrattar hostande.

På sjukhuset fick André tid tänkta genom sitt sextiofyraåriga liv. Han växte upp i ett borgerligt hem i Ungern. Han undervisade fysik och matematik på ett gymnasium och var gift med en kollega, när sovjetiska stridsvagnar krossade brutalt ungrarnas kamp för självständighet 1956. Han reglerades från sin tjänst för att han hade deltagit i revolten, hans familj trakasserades av myndigheter och de måste hanka sig fram på tillfälliga jobb.

Familjen flyttade till Tyskland där han jobbade med isolering på byggen i några år. På en semester hos vänner i Bohuslän blev familjen förtjust i kustens karga landskap och slog sig ner på Hisingen i Göteborg. På arbetsförmedlingen fann han en broschyr om Kugghjulet som sökte arbetare. Han har berättat många gånger att det kändes som om han hade hamnat rätt, när han för första gången steg in i verkstaden.

Han fick jobba som handräckare för finmekanikerna som på den tiden stressades av ackord tills han själv började svarva. Som nybörjare tilldelades han de enklare, monotona uppgifterna, men han jobbade hårt och avancerade snabbt till specialist i hantverket.

Kollegerna blev förvånade över att André återvände till verkstaden efter vistelsen på sjukhuset, för han var svag och mager och gick långsamt stapplade. Han insåg att han var slut som svarvare och godtog godmodigt att i stället städa på halvtid tillsammans med Sten.

– Vad kom du fram till med dina funderingar på sjukhuset? frågar Sten.

– Jag insåg att man ska ta dagen som den kommer, för livet blir aldrig som man har tänkt, svarar André hostande.

Strejk för ingenting

Strejken på Kugghjulet kommer helt överraskande för fack-klubbens ordförande Roger och för företagets ledning. Den startar spontant med kommunisten Jonny och några andra arga arbetare som vägrar lämna pausrummet och inom en timme har nästan alla anslutit sig. De anser att förhandlingar om deras löner har pågått allt för länge.

Ledningen erbjuder arbetarna femton öre mer i timmen utöver kollektivavtalet för industrin. De uppfattar det som skamligt lågt, eftersom fackklubben redan har gått ut med ett lågt bud för att ta hänsyn till företagets urusla ekonomi. Budet innebär att köpkraften minskar ännu mer på grund av inflationen. Dessutom uppfattar arbetarna det provocerande att ledningen snabbt slöt avtal med tjänstemännens fackklubb som fick det de begärde: två kronor mer i timmen.

Finmekanikern Gunnar och några andra trotjänare stämplar ut. De vet av bitter erfarenhet att det är meningslöst att strejka i lågkonjunktur.

– Hur vi än gör kommer vi att förlora på att strejka i nuläget, säger han.

Gunnar har upplevt den stora metallstrejken då arbetarna i verkstäder strejkade i sex månader 1945. Företagen stängde portarna för dem. I deras ställe försökte tjänstemän och förmän hålla i gång en viss produktion. Det lilla stöd som han fick av fackföreningen räckte inte till för hyra och mat. Han tvingades pantsätta de få värdefulla saker som familjen ägde.

Fackklubbens ordförande Roger rusar ut i verkstaden och skriker åt alla håll att de måste omedelbart återgå till arbetet, för han håller på att förhandla med ledningen om löneförhöjningen.

Han är illa tvungen att officiellt ta avstånd från strejken, även om han sympatiserar med arbetarnas krav. I annat fall kan fackföreningen dömas till skadestånd till företaget, eftersom det är en så kallad vild strejk som därmed strider mot avtalet med arbetsgivarens organisation.

En tjänsteman stiger plötsligt ut i verkstaden och kråmar sig med löjliga gester bland arbetarna medan han säger vädjande:

– Snälla ni, kan jag få vara med i er strejk, jag behöver också en paus.

– Dra åt helvete! I verkstaden hittar du inga bögar! ropar en arbetare.

Många arbetare trängs i pausrummet. De är upprörda och arga, medan Jonny står på en pall och försöker skrikande få dem att lyssna på honom.

– I detta samhälle är arbetarna ständiga förlorare för att de saknar makt över produktionen, förklarar han. Men det innebär inte att vi ska foga oss i allt som om vi vore menlösa kreatur på väg till slakten.

– Det är för jävligt att det ska behövas en ekonomisk kris för att vi ska vakna och se verkligheten, säger en arbetare.

– Det är löjligt att bråka om ören när vi borde få kronor för att kompensera det vi förlorar i inflationen, anser en annan upprörd arbetare.

– Det är inte fråga om pengar längre, utan det handlar om principer och värdighet, anser Jonny.

– Man kan inte leva på det! ropar en arbetare.

Roger är djupt besviken på direktören, när han rusar in i hans rum, för han har lovat att acceptera budet på tjugofem öre mer i timmen utöver kollektivavtalet.

Direktören lägger leende fötterna på skrivbordet och säger:

– Jag vill att de ska veta vem som bestämmer här.

– Strejken kan innebära att jag ersätts av en ordförande som vill göra det besvärligt för företaget. Om du vill det, så var så god och provocera arbetarna, förklarar Roger.

– Men det är inte ekonomiskt hållbart att ständigt höja lönen utöver kollektivavtalet.

– Ni hade i alla fall råd att ge tjänstemännen det de begärde.

– Okej då, arbetarna får sina tjugofem öre, men låt dem strejka några timmar till, vi har ändå inte tillräckligt med jobb för alla.

– Det är inget som jag kan lova, det vet du.

– Då kan du åtminstone ge dig tid att titta på de här färska siffrorna.

Han ger Roger en rapport som en konsult nyligen har sammanställt och han konstaterar att arbetarna ensidigt kommer att få betala krisen. Han är förfärad, när han läser att den föreslår att varannan arbetare måste sägas upp om företaget ska överleva lågkonjunkturen. Den föreslår också att pausrummet ska bara vara öppet på lunchen, att arbetare måste ha tillstånd för att besöka omklädningsrummet och toaletterna, att ingen får stå framför stämpelklockorna före slutsignalen och att de ska städa, underhålla maskiner eller sortera skrot när de väntar på jobb.

– I fall ägarna kommer att genomföra det som rapporten föreslår, måste jag följa deras direktiv, i annat fall säljer de företaget till vilken idiot som helst som betalar bra, säger direktören.

Roger återvänder med dystra tankar till verkstaden, men han beslutar att tills vidare tiga om rapporten för att inte oroa arbetarna som nu samlas omkring honom.

– Ledningen har accepterat vårt bud. Ni kan omedelbart återgå till jobbet nu, säger han.

– Vad kommer att hända med de timmar som vi har strejkat? frågar Jonny.

– Ni får inte betalt för det, för det är inte företagets skyldighet att betala strejker.

– Det betyder ju att vi måste jobba i några månader, innan påslaget täcker det vi har förlorat i dag, konstaterar han.

En efter en återgår arbetarna till sina uppgifter. De har åter förlorat på att strejka.

Svarv tas bort

En morgon kör en lastbil in i verkstaden och stannar vid trotjänaren Olle, när han står och tillverkar en axel på sin svarv. Två stöddiga förmän stiger ur lastbilen och ställer sig bredvid honom.

– Stäng av svarven! befaller de.

– Varför det? frågar Olle trots att han vet vad det handlar om.

– Vi ska frakta bort svarven, den ska renoveras.

Det är den tredje maskinen som Kugghjulet ska renovera trots att den fungerar utmärkt. Det är ett sätt för ledningen att få sjukliga trotjänare som är äldre än sextio år att inse att de måste sluta för att rädda kvar yngre, produktivare kollegor. De äldsta arbetarna erbjuds avgångsvederlag, men hittills har få antagit det.

Genom att ta bort krassliga trotjänares maskiner, som de förknippar med sin yrkesidentitet, slår företaget sönder en stor del av deras trygghet. Utan maskinen står de där lika hjälplösa som en sköldpadda på rygg, för de är då helt i händerna på förmännens nycker.

– Jag har en massa jobb kvar, säger Olle.

– Det kan de andra göra, svarar förmännen och knuffar bort honom.

De monterar loss svarven och virar kättingar om den. Med en kran lyfts den upp på lastbilens flak.

Olle ser vädjande mot kolleger som vänder sina blickar från honom och fortsätter att svarva. Han går till några äldre finmekaniker och vädjar om deras stöd men de hänvisar honom till fackklubbens ordförande Roger.

– Några måste tyvärr kastas över bord för att skutan inte ska sjunka, anser en kollega.

– Du vet lika väl som jag att det nästa gång kan bli din tur att råka illa ut.

– Inte så länge jag sköter jobbet enligt ledningens krav.

Olle sjunker ihop på en låda, han vet varken ut eller in hur han ska agera. Han har drygt trettio års anställning på Kugghjulet bakom sig och han har varit lojal och aldrig varit en belastning för företaget, förrän kroppen började krångla så att han måste sjukskriva sig regelbundet. Nu känner han sig bitter, ilsken och hjälplös.

Roger hämtar den bedrövade Olle. De stiger in i förmannen Bertils rum och sätter sig ner vid skrivbordet framför honom.

– Du vet att du har två alternativ, antingen tar du avgångsvederlaget eller så får du acceptera det jobb som erbjuds dig, säger Bertil med en vänlig stämma.

– Kan man verkligen göra så? Det finns väl avtal och lagar att följa? undrar Olle.

– Ja, det kan företaget, för i ditt fall handlar det bara om att sysselsätta dig medan företaget renoverar svarven, förklarar Roger som känner obehag inför situationen, för Olle var hans handledare när han var lärling i verkstaden.

– När får jag tillbaka svarven?

– Det dröjer minst ett år, svarar Bertil.

Olle vet vad som väntar honom om han vill stanna kvar. Antingen måste han städa eller röja tomten bakom byggnaden som är belamrad med skrot från flera årtionden. Två gamla, sjukliga kolleger, som hamnade i samma situation, fick uppgiften att sortera skrot. Efter bara en vecka gav de upp och slutade med avgångsvederlag, presenter, blommor och en tårta och ett högtidligt tal av direktören om deras förtjänster.

– Du får betald ledighet för resten av dagen men vi vill ha ditt svar redan i morgon, säger Bertil.

Leve demokratin!

Ordförande Roger kliver ut i verkstaden med bestämda steg. Den senaste tiden har han regelbundet pratat med arbetarna för att få så många medlemmar som möjligt att delta på årsmötet för att välja en ny styrelse i dag. Ju fler som röstar, desto mer legitim blir fackklubbens verksamhet.

Roger har tagit till ett radikalt grepp den här gången. Han har basunerat ut att han håller på att införa en verklig demokrati i fackklubben. Arbetarna har fått föreslå kandidater till en ny styrelse i stället för att en valberedning utser de som passar för uppdragen. Till hans förvåning vill en majoritet ha kvar honom som ordförande, men de föreslog några nya namn. Det har han inget emot, för han vill bli av med de sista medlemmarna från den gamla styrelsen som är besudlade av den förre ordförandens diktatoriska fasoner.

Truckföraren Jonny bromsar framför Roger och frågar:

– Är det sant att även kommunister kan väljas in i styrelsen?

– Ja, alla medlemmar är från och med nu valbara och du är en av dem som många vill ha i styrelsen.

– Det är fantastiskt! utropar han. Det trodde inte jag att som kommunist få uppleva.

– Jag tycker visserligen att du är för ståndaktig, men jag respekterar dig för att du är ärlig och tror på din sak.

Roger tog över fackklubben, när den gamle ordförande avled efter en hjärnblödning för tre år sedan. Företrädaren styrde fackklubben enväldigt i tjugofyra år med en orubblig övertygelse om att han visste vad som var bäst för arbetarna och företaget. Den inställningen sänkte arbetarnas intresse för fackliga frågor till nollpunkten så att mötena besöktes mest av medlemmar som han gynnade och var lojala mot honom.

Han uppbar lön trots att han inte producerade något sedan han blev ordförande. Så småningom tjänade han mer på sina uppdrag i olika styrelser i den socialdemokratiska och den fackliga hierarkin och han hyrde en villa av företaget och använde privat en av firmabilarna.

Arbetarna fick upplysningar om den förre ordförandens förmåner genom kommunisternas pamfletter. De flesta medlemmar insåg att han var korrumperad men det fanns inga möjligheter att avsätta honom, för han hade satt den fackliga demokratin ur spel med hjälp av en valberedning som han kontrollerade.

Roger har andra ambitioner än sin företrädare, han siktar på en tjänst som ombudsman för fackförbundet. Han tror på löntagarfonder som en realistisk väg till mer inflytande för anställda på arbetsplatserna och han beundrar socialdemokraternas partiledare Olof Palme för att han envist kämpar för arbetarnas sak och betecknar sig som en demokratisk socialist trots att han attackeras med hatiska kampanjer från konservativa krafter.

Efter rundturen bland arbetarna återvänder Roger till kontoret för ett privat samtal med direktören om nedskärningar. De för inga protokoll på dessa möten, de vill lära känna varandras ofta motsatta ståndpunkter för att lättare finna en kompromiss på nästa förhandling mellan fackklubben och ledningen.

– Anser du fortfarande att vi ska arrangera möten för kollektivanställda där de ska föreslå åtgärder? frågar direktören.

– Ja, det kan ge företaget användbara idéer, svarar Roger.

– Det tvivlar jag på, men jag gillar tanken, för det skulle göra kollektivanställda medvetna om att det är nödvändigt att minska personalen i verkstaden.

Sedan en tid tillbaka inser Roger att han inte har någon framtid i Kugghjulet, för som fackklubbens representant i bolagsstyrelsen har han på bolagsstämman hört några aktieägare skrikande kräva att företaget måste säljas innan det är för sent. De hävdade att krisen beror på att ledningen är för mjäkig i sin relation till fackklubben. Men direktören lyckades ändå övertala en majoritet att avvakta för att se hur förhandlingarna med fackklubben om besparingar slutar.

Det som oroar Roger och direktören mest är ett rykte om att Kugghjulets största aktieägare har fått ett bud av en ökänd kapitalist, som ägnar sig åt att plundra företag på tillgångar som tomter, byggnader och maskiner tills det bara återstår minnen för forskare och för utställningar.

Direkt efter lunch håller fackklubben årsmötet och Rogers övertygelse om att det ska bli mer eller mindre fullsatt förverkligas med råge. Det beror på att han har förhandlat om en betald timme för dem som deltar. Tidigare har mötena ägt rum efter arbetstiden. Dessutom bjuder fackklubben på rejäla räksmörgåsar i stället för bullar med ost och skinka. Ett lotteri bidrar till succén. Det består av en ask belgisk choklad och en flaska exklusivt vin som direktören har skänkt.

Medlemmarnas förslag till nya namn i styrelsen möter ingen kritik. En anarkist kallar visserligen Roger för direktörens hantlangare men han buas ut av deltagarna. De godkänner enhälligt den nya styrelsen och de applåderar entusiastiskt när Roger ställer sig upp för att hålla ett tal.

– Här finns det några medlemmar som ifrågasätter mig som ordförande, säger han och låter blicken svepa över de närvarande. Jag har förståelse för det, men inte för deras lögner, för de försvårar mitt uppdrag att försvara era intressen mot aktieägarnas krav. Jag försäkrar er att jag inte går i min företrädares fotspår, jag har inga extra förmåner och detta gäller även för medlemmarna i fackklubbens nya styrelse.

Efter mötet återvänder Roger till direktören och sätter sig ner framför hans mäktiga skrivbord.

– Låt oss skåla för din seger! föreslår direktören och fyller sitt glas med champagne.

– Jag vill skåla för demokratin, säger Roger med en flaska kolsyrat vatten i handen.

Är du redo, min hora?

D ennis studerar modstulet en ritning på en bult medan han tankfullt stryker sin långa mustasch. Förmannen har gett honom i uppdrag att kolla om han kan producera fem tusen samma bultar så snabbt att det går med vinst. I annat fall måste företaget avstå från beställningen. Den senaste tiden utför verkstaden allt fler uppdrag som ger sämre betalt.

– Det här fixar vi, min gamla hora, mumlar Dennis för sig själv och klappar ömt den gamla svarven som han kan utan och innan efter mer än tjugo års umgänge.

Han kallar svarven för Hora för att den har använts av andra män, innan han fick den helt för sig själv. Han har som flera andra finmekaniker ett personligt förhållande till sin maskin och han pratar och sköter om den som om den vore ett levande väsen. Maskinen är sliten men den är enkel och snabb att arbeta med om man har lärt sig att hantera dess brister.

Nu ska han först tillverka en bult på prov för att räkna ut om han kan tillverka minst tio bultar per timme, vilket är förutsättningen för att jobbet ska ge en blygsam vinst för företaget. Det innebär produktion av samma slags produkt i tolv veckor inklusive marginal för krångel. Han känner sig illamående när han tänker på det, men han har inga andra alternativ i dessa dåliga tider. Det gäller bara att härda ut till nästa högkonjunktur.

Han spänner fast en bit stål mellan svarvens chuck och dubb och på en hållare sätter han fast ett knivstål som är anpassat för det material som ska bearbetas. Han kontrollerar att allt sitter fast och att inga lösa föremål finns i vägen. Han startar svarven och chucken börjar snurra med stålstycket.

Sedan sätter han i gång matningen. Det gäller att få allt att stämma. Sålunda måste hastigheten, matningen, knivstålets hårdhet och materialets egenskaper anpassas exakt till varandra för att det ska bli lönsamt att tillverka bultarna.

Knivstålet skär in i det roterande materialet och sprider splitter omkring sig som är nästan glödande trots att han använder kylvätska. Han inser att hastigheten är för hög, så han sänker antalet varv i minuten men behåller den ursprungliga hastigheten för matningen av skärstålet. Nu stämmer det bättre. Det blir färre splitter och kylvätskan kan hålla bearbetningen sval.

Nu har Dennis ställt in svarven och han kan börja producera bultarna. Han meddelar förmannen att företaget kan ta beställningen och han går sedan till förrådet för att hämta några knivstål.

– Du ser olycklig ut, säger förrådsmannen Mats. Bråkar din gamla hora med dig igen?

– Hon är i toppform, men det blir tufft att svarva fem tusen bultar med små marginaler, svarar Dennis.

– Blir du på bättre humör om du undervisar mig i foxtrot en stund?

– Ja, dans är en nyttig gymnastik för hjärnan.

Dennis stiger in i förrådet och Mats sätter på bandspelaren. De dansar nynnande några gånger fram och tillbaka mellan hyllorna tills en arbetare dyker upp vid disken och ropar att han behöver ett verktyg.

När Dennis återvänder till svarven, tar han fram en burk med lugnande tabletter, men i nästa ögonblick ångrar han sig och låser in den i plåtskåpen igen. Det är strängt förbjudet att vara påverkad på arbetsplatsen, men det är svårt att kontrollera när det handlar om medicin. Cheferna måste helt enkelt lita på att arbetarna tar förbudet på allvar. Han inser att han måste vara skärpt för att klara uppdraget.

Dennis tar på sig skyddsglasögon och hörselskydd, han startar svarven och skriker:

– Är du redo, min gamla hora?

111

Sjukligt trött

Kalle inser direkt att han är alldeles för trött och håglös för att jobba, när han stiger upp klockan halv sex på morgonen. Under helgen sov han dåligt på grund av oroliga tankar om framtiden. Han tillhör den grupp unga arbetare som riskerar att sägas upp på grund av arbetsbrist på Kugghjulet. Han tycker att det är trist att svarva, men vikariatet ger honom i alla fall en hyfsad inkomst.

Förhandlingarna pågår om vilka som måste sluta. Fackklubben vägrar att gå med på fler undantag från det tillåtna antalet anställda som företaget får göra enligt Lagen om anställningsskydd. Efter undantagen gäller principen först in, sist ut. Ledningen hävdar att det innebär att verkstaden blir en klubb för äldre arbetare, för företaget har inte längre råd att köpa ut personal med avgångsvederlag. De mesta av dessa pengar har gått till äldre tjänstemän.

Helst vill ledningen säga upp alla i verkstaden på en gång så att de sedan får söka de tjänster som finns kvar, om de uppfyller kraven på kompetens och produktivitet som behövs för att företaget ska överleva på lång sikt.

Kalle slår telefonnumret till sjukkassans automatiska telefonsvarare och en neutral kvinnlig röst svarar:

– För sjuk- och friskanmälan var god lämna följande uppgifter och försök att vara tydligt. Vi börjar nu. Namn?

– Kalle Berggren.

Han ger sedan personnummer, adress och telefonnummer.

– Sjukdom?

– Magsår, svarar han.

I verkligheten har Kalle sällan ont i magen, men han ger alltid

112

något skäl som han tror godtas av försäkringskassan. För säkerhets skull anger han en sjukdom som är svår att avslöja som fejk, ifall han får besök av kontrollanter som kan dyka upp när som helst under dagen. Han har fått höra av kolleger att de har blivit aktivare den senaste tiden för att antalet sjukskrivningar har ökat så mycket att det har skapat en hetsig debatt om att försämra ersättningen.

Kalle lägger på luren och sträcker ut sig i sängen utan att kunna somna om trots att han känner sig utmattad. Hans osäkra framtid snurrar runt i hans tankar. Det finns fortfarande små verkstäder som söker finmekaniker i Göteborg, men de erbjuder sämre lön och inga förmåner och arbetarna utför monotona legojobb i smutsiga arbetsmiljöer, och därför är de inget alternativ för honom. Han inser att han förr eller senare måste börja studera till ett annat yrke.

Han är tacksam över att man fortfarande kan sjukskriva sig utan intyg från läkare den första veckan. Det ger ett behövligt andrum som han behöver för att kunna hantera sin osäkra tillvaro. Han är övertygad om att den förmånen hindrar många arbetare att slita ut sig i förtid eller råka ut för olyckor på jobbet. Företagsläkaren sjukskriver inte arbetare för ångest, trötthet eller andra subjektiva symtom.

En arbetare måste alltid vara i bästa form oavsett om de är varslade eller inte. Det finns inga marginaler för att vara trött i en verkstad. En tjänsteman kan utan risk halvsova vid sitt skrivbord, men gör en arbetare det framför en maskin riskerar han att skada sig svårt.

Kalle tar en flaska öl, sätter sig i soffan framför teven och somnar. Han vaknar sent på kvällen. Ändå känner han sig trött. Han går upp och äter några smörgåsar och lägger sig i sängen och stirrar på taket tills det är ljust ute.

På morgonen gör Kalle det han varken har orkat eller haft tid för sedan en vecka tillbaka. Han städar lägenheten, tvättar kläder och har långa telefonsamtal med vänner. Men han struntar i att fylla på olja i bilen trots att det behövs, för han fruktar att bli överraskad av försäkringskassans kontrollanter.

På eftermiddagen ringer det på dörren när Kalle håller på att diska. Han kollar i titthålet och ser två unga, allvarliga män i kostym och slips. Han utgår från att de är kontrollanter, så han öppnar dörren med båda händerna om magen och med ett så smärtsamt uttryck i ansiktet som han mäktar med.

– Jesus längtar efter dig! säger en av männen.

– Gör han det? undrar Kalle, lättad över att de är från Jehovas vittnen som med framgång söker efter förlorade själar i förorterna i stadsdelen Angered.

– Ja, kom och möt Jesus i vår gemenskap, uppmanar den andre mannen.

– Hälsa Jesus att jag behöver ett bra jobb, säger Kalle och slår igen dörren.

Några sekunder senare dunsar ett exemplar av sektens skrift Vakna ner i brevlådan.

I samma båt

Vevaxelns finmekaniker samlas på ett konferenshotell utanför Göteborg på morgonen. De är den första gruppen arbetare som på en betald dag ska kläcka idéer som kan minska Kugghjulets kostnader. Några trotjänare måste stanna kvar på verkstaden för att hålla ställningarna.

– Vi sitter alla i samma båt! säger direktören som är klädd i en blå arbetsoverall och en gul hjälm som om han tror att han då blir mer trovärdig för arbetarna.

Även fackklubbens ordförande Roger deltar på mötet och han är klädd i nötta jeans och en knallröd t-shirt med texten: Olof Palme – jag litar på dig! Han är på så gott humör att han har svårt att dölja att han har fått tjänsten som ombudsman för fackförbundet. Endast hans familj vet om att det.

– Nu hänger det på er! säger han hurtigt.

Direktören inleder grupparbetet med ett tal om Kugghjulets kris som hittills i år visar minussiffror för företagets alla enheter med ett enda undantag: Uthyrning av stugor i Göteborgs skärgård går med en blygsam vinst.

– Ju fler som jobba effektivare, desto fler kan bli kvar! säger direktören. Enligt en utredning förlorar vi en betydande del av arbetstiden på förberedelser, letande efter material och verktyg, vänta på att någon kollega ska bli klar och på gångtiden till kontoret och förrådet. Detta onödiga slöseri kostar lika mycket som fem tjänster årligen.

Lågkonjunkturen sveper över Sverige som en smittsam sjukdom som sätter allt fler företag i konkurs och ökar snabbt antalet arbetslösa i slutet av sjuttiotalet. Även Kugghjulet kämpar för sin överlevnad. Verkstadens renovering beslöts under högkonjunk-

115

turen och nu är den för stor för den krympande verksamheten och den kontanta kassan är på väg att tömmas oroväckande snabbt och aktieägarna kräver omedelbara åtgärder. Ägarna vill halvera antalet arbetare genom att helt frångå principen sist in ska först ut. Men Roger förhalar företagets intentioner att bara behålla de mest produktiva, friskaste och skickligaste arbetarna. Han förklarar att det gäller för ledningen att först hitta fackligt godtagbara lösningar som räddar kvar kompetensen, innan fackklubben kan förhandla om fler undantag från lagen om anställningsskydd.

Ledningen beslöt som en sista åtgärd att följa Rogers förslag att engagera också arbetarna i kampen för företagets överlevnad genom att låta en konsult arrangera möten som förhoppningsvis ska ge nya lösningar på krisen, men också göra dem mer medvetna om det allvarliga läget. Alla grupparbeten ska avslutas med en skriftlig sammanfattning.

En arbetare ställer sig upp och säger upprört:

– Det är ett skandalöst slöseri med pengar att beställa utredningar av dyra konsulter, för alla på verkstaden vet att spilltiden beror på att tjänstemännens planering av jobben är urusel för att de är så många att de snubblar på varandra. Det har fördyrat produktionen och gjort att vi förlorat flera stora kunder.

– Bra talat! Men nu ska ni ta fram briljanta förslag för att få in fler jobb, säger direktören och lämnar skyndsamt lokalen för ett brådskande samtal per telefon med den största aktieägaren som bor utomlands.

Konsulten delar in arbetarna i tre mindre grupper som ska diskutera fram åtgärder som de sedan ska presentera för honom på eftermiddagen.

En grupp sammanfattar sin diskussion på följande sätt: Sänk direktörens och ledningens löner och dra in deras förmåner, ge arbetarna mer inflytande över planeringen av jobben och minska mer på administrationen som har svällt som en amöba under högkonjunkturen.

Ungefär samma förslag ger de två andra grupperna men den ena går ett steg längre och föreslår att direktören och ledningen måste ersättas med kompetens.

De flesta har fått höra att direktören fick sin befattning genom vänskapliga kontakter med den största aktieägaren och att han i sin tur har valt en ledning vars medlemmar också gillar att spela golf. Han har tidigare bara jobbat som inköpschef för en matvarukedja. Alla vet också att han har passat på att ordna kontrakt på avgångsvederlag på några miljoner kronor för sig själv och ledningen, så frågan är om företaget hade råd att byta ut dem.

Roger går omkring och läser med en bekymrad uppsyn arbetarnas förslag och han konstaterar:

– Det ni hittills har kommit fram till innebär att ledningen kommer att lägga ett varsel på kollektivanställda den närmaste tiden.

Kasserad svarvare

En eftermiddag har Kugghjulets postbud Malik ett meddelande till verkmästaren på Örnästet som hans kontor kallas, eftersom man måste gå uppför en spiraltrappa för att komma till hans ombonade rum som har utsikt över större delen av verkstadens produktion, men den är grundligt isolerat från dess buller och damm.

Malik stampar ordentligt när han går uppför spiraltrappan, för att god tid varsko verkmästaren att han får besök. Han blir irriterad över att överraskas, framför allt om han sover, avnjuter sin alkoholhaltiga dryck eller har ett ömt möte med en sekreterare som är förtjust i honom.

Han bankar på dörren, väntar en stund och stiger in och häpnar över att se den gamle finmekanikern Olle snyftande krypa med en smutsig trasa i handen. Han håller på att rengöra golvet under ett omklädningsskåp.

– Letar du efter möss? undrar Malik.

– Nej, jag ska måla detta jävla golv! skriker Olle och kastar iväg trasan.

– Det är väl ett bra jobb, för här är det i alla fall lugnt och i hyllan har du verkmästarens termos med det utspädda brännvinet, försöker Malik trösta.

– Det var bara några droppar kvar, säger han.

Olle sätter sig suckande på en stol. Han är förtvivlad och känner sig värdelös i sin nya situation som alltiallo. Han gör ärenden för förmännen, utför små reparationer och förbättringar på fastigheten, sorterar skrot men mest blir det städning i verkstaden och i kontoret.

Han har tillhört de lojala finmekanikerna av den gamla stam-

118

men. Han förärades utmärkelsen Årets arbetare, när han slog ett rekord i produktionen vid sin svarv när de hade ackord. Han arbetade övertid när förmannen föreslog det, han kom i tid till jobbet oavsett väder och han sjukskrev sig bara om företagsläkaren övertalade honom att göra det tills diskbråck och smärtor i leder satte stopp för plikttroheten.

Få arbetare klarar att jobba ända till sextiofem år med hälsan i behåll, i stället pensioneras många i förtid. Men han kämpar ändå vidare med hjälp av värktabletter och medicin, för han behöver lönen för att betala av sina skulder.

– Detta skitjobb är tacken för att jag alltid har ställt upp och kämpat i verkstaden i trettio år och enligt betyg och utsago skött mig bra. Nu känns allt plötsligt som en lögn. Det är förödmjukande, inte bara för mig, utan också för min familj, förklarar han.

– Du får i alla fall vara kvar här, jag och många andra kommer att sägas upp, säger Malik.

Som flera andra gamla finmekaniker hoppades Olle att få jobba kvar vid sin maskin till pensioneringen, åtminstone få hoppa in då och då som en resurs. Men under åren har företaget fått flera nya tjänstemän och en ny personalpolitik och andra produktionsmål. De har ingen kännedom om de gamla arbetarnas lojalitet och prestationer. De konstaterar bara att Olle inte längre uppfyller de nya kraven för en lönsam produktion. De tar ingen hänsyn till hans gamla meriter och yrkesidentitet.

– Vilken färg tycker du att jag ska måla det här jävla golvet med? frågar Olle.

– Använd röd färg, föreslår Malik. Det är ju den socialistiska kampens färg.

Samma dag målar Olle kontorets golv i en röd färg. Verkmästaren blir nöjd, för han anser att den mörka färgen är mer praktisk än den ljusgråa som golvet hade förut. Nu syns inte smutsen från arbetarnas skor lika tydligt längre.

Laglig bestraffning

Ringklockans ilskna signal väcker till slut Erik som stönande av trötthet sätter sig upp på sängen. Ångesten över sin ovissa framtid som arbetslös väckte honom flera gånger i natt igen. Han snubblar in i hallen, där ett brev väntar på honom. Han sätter sig vid köksbordet med en flaska öl.

Han blir upprörd och arg när han läser brevet från arbetslöshetskassan. Det står att han har avvisat ett lagerarbete med motiveringen att det är ett skitjobb och att det inte har något med hans yrkeserfarenhet att göra. Då försäkringen inte är någon yrkesförsäkring avstängs han från rätt till ersättning under tre veckor.

För en vecka sedan steg Erik in på arbetsförmedlingen i förorten Hjällbo. Det var dagen efter det att han hade sagts upp på grund av arbetsbrist efter tre år på Kugghjulet. Han är en skicklig och produktiv fräsare, men han tillhörde inte de som ledningen fick göra undantag för, när antalet arbetare halverades enligt principen först in, sist ut.

Han har varit arbetslös några gånger tidigare och det har aldrig varit några problem att stämpla tills han hittade ett jobb som motsvarade hans kompetens och erfarenhet, men i stället hänvisade arbetsförmedlingen honom direkt till ett litet företag som utförde sanering i ett industriområde vid Göta älv.

Erik känner sig rasande, han åker till Järntorget där arbetslöshetskassan huserar. Han vill förklara händelsen än en gång för den gråa typen med det uttryckslösa ansiktet som han pratade med före beslutet om indragningen.

Han hittar mannen i ett pausrum, där han håller på att lugna en kvinna som är ängslig över att hon har bryggt kaffet för svagt.

Han inser att Erik är beredd att ställa till med en scen, han tar en ostsmörgås och de kliver in i hans rum.

– Du kunde ha ringt mig i stället, säger mannen och sätter sig bakom skrivbordet vid en hylla med blåa, tjocka pärmar som är fyllda med avslutade ärenden.

– Jag kom aldrig fram, det tutade upptaget hela tiden.

– Förklara för mig då än en gång varför du inte ville jobba på det företaget, säger han medan han tar fram Eriks ärende.

– Jag har aldrig sagt att det var ett skitjobb, varken på arbets-förmedlingen eller på företaget och inte heller för dig, när du krävde en förklaring till mitt agerande, svarar Erik med behärskad ilska.

– Men arbetslöshetskassan är ju ingen yrkesförsäkring oav-sett om det är ett skitjobb eller inte, påpekar han med en mono-ton stämma.

– Jag förstår det, jag hade utan vidare accepterat ett lager-jobb, men det var det inte. När jag kom till företaget sa en chef att jag skulle spola presenningar. Jag fick ingen skyddsutrustning, ingen information om lön, raster och avtal. Chefen förde mig di-rekt till en dunkel, fönsterlös lokal med kala betongväggar. Där stod två psykiskt handikappade gubbar i badbyxor som spolade dammiga presenningar. Jag fick ingen kontakt med dem, de stir-rade flinande mot mig och sa att de inte visste någonting. De gjorde bara det som de hade blivit tillsagda, berättar Erik medan handläggaren tuggar omsorgsfullt på ostsmörgåsen.

– Jag begärde att få ett andningsskydd, eftersom jag miss-tänkte att det vita dammet var asbest. Chefen svarade att det inte var ett farligt stoft men om jag trots det krävde skyddsutrust-ning måste jag köpa det av företaget. Jag förklarade att jag inte kunde acceptera det och då hotade han mig med att han skulle meddela arbetsförmedlingen att jag vägrade jobba.

– Jag återvände till arbetsförmedlingen i Hjällbo och berät-tade om arbetsplatsen men de förklarade att jag inte fick börja stämpla förrän arbetslöshetskassan har godkänt det.

Erik har fått höra av arbetslösa kolleger att arbetsförmedlingen numera följer ett nytt direktiv som innebär tuffare tag mot de som stämplar, nu när antalet arbetslösa skjuter i höjden på grund av lågkonjunkturen, men han kunde inte föreställa sig att han redan på sitt första besök på arbetsförmedlingen skulle bemötas med orden: Du har hamnat fel om du vill stämpla. Här söker man nämligen jobb och det borde du ha gjort innan du blev arbetslös. Sedan gav arbetsförmedlaren Erik ett papper och förklarade att det handlade om ett lagerjobb och att han måste besöka företaget direkt för att inte riskera bli avstängd från arbetslöshetskassan.

Det knackar på dörren, det är den ängsliga kvinnan.

– Jag har bryggt starkare kaffe åt dig, säger hon med en kanna i handen, hon fyller hans mugg och lämnar tassande rummet.

Tjänstemannen tar en slurk kaffe med ett belåtet leende och riktar sedan en uttryckslös blick mot Erik och säger:

– Du kunde ha löst problemet på plats, du kunde ha tagit kontakt med fackklubben.

– Nej, den arbetsplatsen kunde jag inte acceptera. Det är ett företag som utnyttjar utsatta människor som inte har något annat alternativ. Arbetsförmedlingen har helt enkelt blivit en hantlangare för oseriösa arbetsgivare för att minska arbetslösheten.

Tjänstemannen tänder en cigarett och lutar sig fram på skrivbordet och säger:

– Jag har många pågående utredningar på mitt bord, men jag lovar att ge mig tid att kasta ett öga på ditt ärende en gång till. Du får mitt besked om några dagar.

Knäppgöken tror tydligen att jag är en idiot! tänker Erik och känner plötsligt djup förakt för den gråa, förkrympta figuren framför honom.

– Det behöver du inte, säger han. Jag vet ändå vad du kommer att svara, för du sa ungefär samma sak när försäkringskassan beslöt att stänga av mig.

Bittert möte

En frälsningssoldat stoppar Kalle när han stiger ut ur en bok-handel i gallerian Femman i Nordstan. Han känner igen den skrangliga gubben. Det är Sten som städade på Kugghjulet, tills han nyligen pensionerades i förtid. Han själv hann bara jobba som finmekaniker i ett år på företaget, innan han sades upp på grund av arbetsbrist.

Sten skramlar med en bössa framför Kalle och frågar:

– Har du en slant för svältande barn?

– Jag har köpt kurslitteratur för den sista slanten, svarar Kalle.

– Äsch, hjälp en gammal kamrat att fylla bössan, vädjar han, övertygad om att Kalle ljuger.

Han tittar i sin plånbok, men där finns bara en pollett för en tvättmaskin, och det ger honom en idé hur han ska läxa upp Sten för att han en gång bestal honom. Han ska låtsas att polletten är en gammal enkrona tills Sten dreglar efter den.

– Jag har bara en åttio år gammal enkrona kvar, säger han och kastar polletten upp i luften och fånga den i handen.

Sten ler så brett att hans löständer blänker och han blir över-väldigande vänlig, för han samlar på gamla mynt, även på dem som saknade värde för samlare. Han är för snål för att använda mynt som innehåller så mycket silver att metallen är mer värd än det officiella värdet.

– En dagstidning har skrivit ett reportage om mitt liv som frälsningssoldat för att jag är duktigt på att samla in pengar i guds tjänst, berättar Sten medan Kalle undrar för sig själv hur mycket han tjänar på det i form av gamla mynt.

Sedan börjar han prata om deras gemensamma förflutna på verkstaden. Kalle låtsas vara intresserad och än en gång kastar han upp polletten i luften och Sten följer den med en girig blick.

Sten gnäller över några före detta taskiga kolleger på verkstaden, vilka förbittrade hans sinne.

– När jag som dräng i min ungdom matade svin på landsbygden fick jag åtminstone fläsk, men av svinen på verkstaden fick jag bara ovett, förklarar han. Du var också en idiot! En gång spottade du snus över mina mynt.

– Ja, det var dumt gjort, erkänner Kalle och fortsätter att singla med polletten. Men du hade dig själv att skylla, för du var den värsta girigbuken som jag någonsin har mött.

Det fanns alltid en själviskt tanke bakom Stens tjänster, även om det gällde bagateller, och just det retade många på verkstaden. Han till och med sålde religiösa skrifter som han hade fått gratis av Frälsningsarmén.

På morgnarna växlade Sten till sig en massa mynt av en serviceman som hade hand om automater med kaffe och varor på verkstaden. En gång lade Kalle några gamla enkronor från sin pappas myntsamling i automaten eftersom han var pank. Han avsåg att växla tillbaka dem av servicemannen när han hade fått förskott, men Sten hann före och tog hand om mynten. Därför blev Kalle elak mot honom.

Nu var tiden i verkstaden över för dem, Sten är frälsningssoldat på heltid och Kalle trivs med att studera på komvux, även om det var svårt att försörja sig på studielån. Deras nya liv är friare än det gamla som i krisens tecken stämplade ut dem som övertalig personal. Det har gett Kalle en behövlig kick att hitta nya möjligheter, men han har givit upp drömmen om att bli ingenjör av ekonomiska skäl, så nu siktar han på att bli fastighetsskötare för att snabbare komma ut på arbetsmarknaden igen.

– Jag var heligt förbannad på dig för att du stal min pappas gamla mynt, påminner Kalle.

– Jag har aldrig bestulit någon, svarar Sten och ser uppriktigt förolämpad ut.

Den mannen kan tydligen inte se skillnaden mellan en god och en ond gärning, tänker Kalle.

– Söker du frälsning? undrar Sten plötsligt som om han funderade på att sälja Vakttornet till honom.

– Nej, sådana typer som du har jagat bort gud från kyrkan för länge sedan, så nu har hon bosatt sig hos givmilda människor, svarar Kalle.

– Var då givmild och lägg den där slanten i min bössa för att göra en insats för nödställda människor.

Polletten landar åter i Kalle hand, han öppnar den och säger:

– Jag har visst misstagit mig, det är en pollett för tvättmaskinen och den är bara gjord av värdelös metall.

– Det gör absolut ingenting! Jag behöver tvätta min uniform, svarar Sten och norpar kvickt åt sig polletten och försvinner in i trängseln på Femman.

Vilken idiot! tänker Kalle. Han fattade inte ens att jag drev med hans girighet.

Samtal på väg hem

Sixten sitter som vanligt längst bak i spårvagnen med en kvällstidning på väg hem. Han brukar hinna läsa sport, serier och lokala nyheter på sträckan från centralstationen till Angereds centrum. Men nu fastnar han för en nyhet, för den upprör honom: En levande kattunge har hittats i en kartong i ett sopnedkast.

Hur fan kan tidningen fylla en hel sida med en kattjävel, när hela världen tycks braka ihop? tänker han indignerat. Journalister tror tydligen att läsarna är idioter.

Spårvagnen stannar vid förorten Hammarkullen, några passagerare stiger på och en av dem kliver fram till Sixten. Han tittar upp över tidningen mot en gammal man, som ler så brett mot honom att snuset håller på att glida ur överläppen. Det är Oskar som också bor i Angereds centrum. Kugghjulet avskedade honom för stöld strax före hans pensionering förra året. Han tillverkade egna komponenter med en svarv på arbetstid som han sålde privat.

Spårvagnen startar och han sätter sig mittemot Sixten med sitt slitna fodral med en gitarr.

– Jag vill lära mig att spela Beethovens Für Elise, om jag får leva, förstås, säger han.

Oskar saknar inte verkstaden efter tjugoåtta år som svarvare. Han är hurtig som en pojke på ett efterlängtat sommarlov. Han håller på att lära sig spela akustisk gitarr och att tala engelska på kurser som arrangeras av Arbetarnas bildningsförbund. Det är två drömmar från hans ungdom som han förverkligar.

– Det är lyxigt att ha all sin tid för egna projekt. Som maskinslav orkade jag ofta bara ligga i soffan efter jobbet, säger han.

126

Sixten avundas Oskar för att han var förutseende att i många år spara pengar för att ha råd med ett aktivt liv som pensionär. Som ungkarl har han kunnat leva sparsamt och jobba övertid hur mycket som helst.

– Hur har du det på ditt nya jobb? frågar Oskar.

– Jag har trista uppgifter, dålig lön och en psykopatisk chef, svarar Sixten. Allt är med andra ord precis som det brukar vara för vanligt folk.

Han sade upp sig på Kugghjulet när han lyckades förhandla till sig ett avgångsvederlag trots att han var produktiv och bara fyrtiosex år gammal. Ledningen gick med på det, när han visade ett läkarintyg på att han lider av artros. Han vågade inte stanna kvar, för han trodde på ryktet att ägarna planerade att sälja företaget och befarade då att det i värsta fall skulle betydde slutet verkstaden. Det visade sig vara en felaktig slutsats, företaget kämpar vidare med en ny direktör och med en halverad personalstyrka.

Nu vikarierar han som truckförare på halvtid på ett reservdelslager. Han har sålt sin bil och flyttat till en mindre lägenhet, för han räknar med att det kommer att dröja innan han hittar ett jobb inom sitt yrke som plåtslagare.

De börjar diskutera den ekonomiska krisen i Sverige, som numera går som en refräng i massmedierna. Journalister verkar tävla om att presentera den ena dystra nyheter efter den andra om lågkonjunkturen med ökad arbetslöshet och en allt högre inflation på samma gång och i Göteborg rasar varvskrisen för fullt som också drabbar många underleverantörer hårt.

Även LO:s punktstrejker och arbetsgivarnas lockout för tre veckor sedan fördjupade krisen. Drygt nio hundra tusen anställda berördes av konflikten om löner. Den blev som en final på de enorma demonstrationerna i första maj, där talare manade till kamp mot den giriga kapitalismen och mot de växande klyftorna i samhället. Några dagar senare stod stora delar av Sverige praktiskt taget still.

– Det är för jävligt att vissa storbolag fortfarande har hög utdelning av vinster till aktieägare samtidigt som den borgerliga regeringen vill minska pensionärernas möjligheter att få ordentlig kompensation för inflationen, säger Sixten.

– Vi lever som bekant i ett kapitalistiskt samhälle och krisen är global, påpekar Sixten.

Lågkonjunkturen tycks ha naglat sig fast i Sverige år 1980. Det är som om utomjordiska varelser håller på att råna samhället på kapital och välstånd för att få skratta åt ett ökat antal konkurser och arbetslösa. Det finns inte längre några pengar kvar i statens budget för reformer, nu handlar det i stället om att försämra de sociala framsteg som gjorts sedan sextiotalet.

– Sanna mina ord, det här jävla tjuvsamhället kommer att gå mot sin undergång, om den här krisen får fortsätta så här, säger Oskar.

– Gärna för mig, för vanligt folk har egentligen ingenting att förlora på det, säger Sixten.

– Det låter ju som att du förlorat hoppet på framtiden.

– Nej, jag anser att det är bättre att kapitalismen går under, så att vi kan starta om från början på solidariska villkor för alla i ett rättvist samhälle som utgår från vanliga människors behov. Om det får fortsätta som nu kommer det förr eller senare att leda till en global katastrof.

– Hur fan ska det då gå med min pension? utropar Oskar retoriskt och skrattar.

Spårvagnen stannar vid vändhållplatsen i Angereds centrum, Sixten och Oskar stiger av och promenerar tillsammans till varsin ensamhet i förorten.